La rue maudite

Biographie

R. L. Stine est né en 1943 à Colombus aux États-Unis. À ses débuts, il écrit des livres interactifs et des livres d'humour. Puis il devient l'auteur préféré des adolescents avec ses livres à suspense. Il reçoit plus de 400 lettres par semaine ! Il faut dire que, pour les distraire, il n'hésite pas à écrire des histoires plus fantastiques les unes que les autres. R. L. Stine habite New York avec son épouse Jane et leur fils Matt.

R.L. Stine

Chair de poule®

La rue maudite

Traduit de l'américain
par Maïca Sanconie

Neuvième édition

bayard jeunesse

Titre original
GOOSEBUMPS n° 35
A Shocker on Shock Street

La série Chair de poule a été créée par Parachute Press, Inc.
Publiée avec l'autorisation de Scholastic Inc,
557 Broadway, New York, NY 10012, USA

Loi n° 49 956 du 16 juillet 1949
sur les publications destinées à la jeunesse
Dépôt légal mai 2010

ISBN : 978-2-7470-3304-6

Avertissement

Que tu aimes déjà les livres ou que tu les découvres,
si tu as envie d'avoir peur, **Chair de poule** est pour toi.

Attention, lecteur !

Tu vas pénétrer dans un monde étrange
où le mystère et l'angoisse te donnent rendez-vous
pour te faire frissonner de peur… et de plaisir !

1

– Irène ! Ça me donne la chair de poule ! gémit mon ami Martin en me tirant par la manche.

– Lâche-moi ! murmurai-je. Tu me fais mal.

Martin ne semblait pas avoir entendu. Le regard fixé droit devant, il me serra le bras très fort.

– Arrête ! chuchotai-je en me libérant d'un mouvement brusque.

J'avais peur, moi aussi, mais je ne voulais pas l'admettre. Il faisait si sombre… Je plissai les paupières pour essayer de deviner quelque chose et, soudain, je distinguai une lumière blafarde à l'horizon.

Martin baissa brusquement la tête, mais j'eus le temps de voir une lueur d'effroi dans ses yeux. Il s'accrocha de nouveau à mon bras, et respira bruyamment en haletant.

Ça par exemple ! J'avais beau ne pas en mener très large, je ne pouvais m'empêcher de sourire. J'adorais voir Martin dans cet état !

C'était méchant, je l'admets... Mais, ma joie était facilement explicable. Martin se vante toujours d'être plus courageux que moi ! D'ordinaire, c'est lui le héros et moi la mauviette.

On y voyait de mieux en mieux.

J'entendis des crissements. Quelqu'un toussa derrière nous, mais ni Martin ni moi ne nous retournâmes. Nous attendions...

Soudain apparut une palissade. Une longue palissade en bois, à la peinture délavée et écaillée. Une pancarte, peinte à la main, y était accrochée : DANGER. DÉFENSE D'ENTRER.

Ensuite il y eut des grattements. Légers, tout d'abord, puis plus forts. Comme si des griffes géantes raclaient la clôture de l'autre côté.

J'essayai de déglutir. Ma bouche était sèche. J'avais une furieuse envie de m'enfuir. Mais si je le faisais, Martin ne manquerait pas une occasion de me le rappeler. Je restai donc près de lui, à écouter les grattements qui devenaient de véritables coups de butoir. Quelqu'un essayait d'abattre la palissade !

Nous longeâmes la barrière. Vite, plus vite. Le bruit nous suivait. C'était devenu un bruit de pas géant.

Nous étions déjà venus dans cette rue vide, Martin et moi. Ce soir, les flaques d'eau sur le trottoir brillaient comme du métal sous la lumière jaunâtre des réverbères.

Martin m'attrapa la main. Les coups avaient redoublé d'intensité et la palissade s'était mise à trembler.

Toute la rue vibrait, d'ailleurs. Les pas retentirent plus fort. Plus près…

– Martin ! murmurai-je d'une voix étouffée.

Avant que je puisse prononcer un autre mot, la palissade s'écroula et le monstre se précipita. Il avait une tête de loup, avec des babines retroussées sur de grandes dents blanches, et son corps ressemblait à celui d'un crabe géant. Lentement, il balança quatre immenses pinces griffues devant lui, et les fit cliqueter les unes contre les autres. Puis il ouvrit sa gueule en grand et laissa échapper un grognement guttural.

– NOOONNNNN !

Martin hurla de terreur, et moi aussi. Nous essayâmes de nous enfuir.

Mais où aller ?

2

Le crabe-loup rampait vers nous sur ses pinces à moitié repliées. Une voix s'éleva dans l'obscurité :

– Asseyez-vous, s'il vous plaît, les enfants ! Je ne vois pas l'écran.

Martin me jeta un regard surpris. Pour toute réponse, je haussai les épaules. Je me sentais idiote…

Nous retombâmes sur nos sièges sans rien dire.

Sur l'écran, le crabe-loup détala dans la rue à la poursuite d'un petit garçon sur son tricycle.

– Qu'est-ce que tu as, Irène ? chuchota Martin à mon oreille. Ce n'est qu'un film, tu sais. Pourquoi as-tu crié comme ça ?

– Toi aussi, tu as crié !

– Seulement parce que tu hurlais de terreur.

– Chut ! ordonna quelqu'un.

Je m'enfonçai dans mon siège, gênée. Il y avait bien des craquements tout autour de moi, mais ce n'était que des gens qui mangeaient du pop-corn.

Sur l'écran, le crabe-loup tendit ses grandes griffes bleues et attrapa l'enfant sur le tricycle.

Clic ! Clac ! Gloups ! Le garçonnet disparut entre ses mâchoires. Adieu, petit !

Toute la salle éclata de rire.

Ce qu'il y a de réellement bien dans les films *Les Dents qui claquent*, c'est qu'on crie de peur et qu'on rit en même temps. Ce sont mes films d'épouvante préférés !

À la fin, des policiers attrapèrent le crabe-loup. Ils le firent bouillir dans une immense marmite remplie d'eau, puis ils servirent des portions de crabe à tous les habitants de la ville.

Une fin parfaite, quoi. Martin et moi, nous applaudissions à tout rompre.

L'Impasse des Dents qui claquent N° VI était sans conteste le meilleur de la série !

Ensuite, la lumière se ralluma dans le cinéma.

Nous remontions l'allée en essayant de nous frayer un chemin dans la foule, quand deux adultes nous barrèrent la route. Ils discutaient ferme.

– Les effets spéciaux étaient superbes, déclara l'un.

– Comment ça, des effets spéciaux ? Tu veux dire que ce n'était pas vrai ? répliqua l'ami, l'air faussement étonné.

Ils éclatèrent de rire.

– Pas mal, ce film, commenta Martin, détaché.

– Quoi ? Seulement pas mal ? protestai-je, indignée.

– Oui. Ça ne m'a pas fait assez peur. C'est bon pour les enfants. *Les Dents qui claquent N° V* était bien plus effrayant.

Je levai les yeux au ciel, exaspérée.

– Mais enfin, Martin, tu as hurlé de terreur ! Tu as bondi de ton siège. Tu m'as attrapé le bras et…

– Seulement pour te rassurer. Tu tremblais de frayeur, répliqua-t-il avec un sourire satisfait.

Quel menteur ! Pourquoi ne veut-il jamais avouer qu'il a peur ?

Sans doute pour mettre un terme à la conversation, Martin avança le pied et essaya de me faire trébucher. Je fis un saut de côté, et heurtai une jeune femme.

– Hé là ! Faites un peu attention, les jumeaux ! s'écria-t-elle.

– Nous ? On n'est pas des jumeaux !

Nous n'avons pas le moindre lien de parenté, et pourtant les gens pensent toujours que nous sommes frère et sœur.

C'est vrai qu'on se ressemble beaucoup. Nous avons douze ans tous les deux. Nous sommes plutôt petits avec des visages ronds, des cheveux noirs courts et des yeux bleus. Sans oublier nos nez retroussés.

– Tu sais ce qu'il y a de plus chouette dans ce film ? demandai-je après m'être excusée auprès de la dame.

– Non. Quoi ?

– On est les premiers enfants du monde à l'avoir vu !

– Ouais ! Génial ! cria Martin en me tapant dans la main à la manière des rappeurs.

Comme mon père travaille dans le cinéma, il nous avait obtenu des invitations à la première du film.

Tous les autres spectateurs étaient des adultes. Martin et moi étions vraiment les seuls enfants dans la salle !

– Tu sais ce qui était vraiment bien, aussi ? poursuivis-je. Les monstres. Ils avaient l'air tellement vrais !

Martin fronça les sourcils.

– Moi, j'ai trouvé la Femméduse Électropercutante complètement bidon. Elle ressemblait plus à une grosse patate molle qu'à une méduse !

J'éclatai de rire.

– Alors pourquoi as-tu sursauté quand elle a électrocuté tout un groupe d'adolescents ?

– Je n'ai pas bougé. C'est toi !

– Sûrement pas ! Tu as eu peur parce que ça paraissait réel. Tu as même failli t'étrangler quand Super-Toxique est sorti de la fosse de déchets nucléaires.

– Non. Tu confonds. J'ai seulement un peu tremblé en voyant le Débile du Lait et ses Bidules en proto-yaourts asphyxiants.

– Tu as eu peur, Martin, avoue-le ! Parce que ça semblait complètement vrai !

– Dis donc, et si justement ils étaient tous vrais ? S'il n'y avait pas d'effets spéciaux ?

– Ne sois pas idiot.

Nous atteignions l'angle du couloir quand une ombre apparut soudain devant moi.

Je n'eus même pas le temps de crier. Le crabe-loup en personne se dressait devant moi, immense…

Il ouvrit sa gueule pleine de dents et hurla à la mort tout en m'enserrant la taille dans ses énormes pinces bleues aux griffes acérées.

3

J'ouvris la bouche pour hurler, mais seul un gémissement plaintif sortit de ma gorge.

Horrifiée, j'entendis les gens rire autour de moi. Et comme dans un rêve, les immenses griffes glissèrent de ma taille et me lâchèrent. C'était des griffes en plastique !

Une paire d'yeux sombres me fixait derrière le masque du loup. Des yeux humains, à n'en pas douter. Le monstre était donc faux ?

Je grimaçai, aveuglée par la lumière d'un flash. Quelqu'un venait de prendre une photo de la créature. À cet instant, je vis un grand panneau rouge et jaune sur le mur : VOUS AVEZ AIMÉ LE FILM ? ALORS JOUEZ AVEC LE MONSTRE !

– Désolé de vous avoir fait peur, dit l'homme déguisé en crabe-loup.

– Elle a peur de tout ! déclara Martin dédaigneux.

Je lui donnai une bourrade.

– Oh, ça va ! Et si on allait voir mon père ! proposai-je en courant vers les ascenseurs sans attendre sa réponse.

Le bureau de papa se trouve dans le même immeuble que le cinéma, au vingt-neuvième étage. Pratique, non ?

Il fait un métier génial : il construit des parcs à thèmes, et invente des attractions. Par exemple, il a participé à la construction du Parc préhistorique, où on remonte dans le temps.

Il y a là-bas des douzaines d'énormes robots-dinosaures qui se promènent partout.

Sans me vanter, mon père est un ingénieur de génie ! Surtout en ce qui concerne les robots. Il n'a pas son pareil au monde. Il peut construire des robots qui font n'importe quoi ! Il les utilise ensuite dans ses parcs. Ce sont ses enfants, en quelque sorte…

L'ascenseur s'arrêta au vingt-neuvième étage.

L'hôtesse d'accueil, qui nous connaît bien, nous salua d'un signe de la main.

Je m'élançai devant Martin vers le bureau de papa, au bout du couloir.

C'est plus une salle de jeux qu'un bureau, d'ailleurs. Imaginez une immense pièce, remplie de jouets, de personnages en carton-pâte, et de modèles de monstres. Une caverne d'Ali Baba !

Martin et moi, nous adorons vagabonder là-dedans.

Il y a aussi un modèle réduit du Casse-Cou, les montagnes russes truquées que papa a fait construire.

Il fonctionne réellement, et on passe des heures à le faire marcher quand papa nous laisse jouer.

Ce soir-là, mon père semblait mécontent. Il était tout voûté sur son bureau et parlait au téléphone, la tête rentrée dans les épaules, les yeux baissés. Il pressait l'une de ses mains sur son front, tout en marmonnant dans l'appareil.

Martin et moi échangeâmes un regard interrogateur. Que se passait-il ? Papa est très enjoué, d'habitude.

Il est grand, maigre, et presque chauve. Il ne lui reste que quelques cheveux blonds derrière le crâne. Il a le teint très pâle et porte de grosses lunettes rondes à monture d'écaille.

Martin et moi, nous nous tenions toujours sur le seuil de la pièce.

Papa ne nous avait pas encore vus.

Il avait ouvert le col de sa chemise et relâché son nœud de cravate. Mauvais signe… Nous nous sommes avancés doucement. Ce n'était pas le moment de le contrarier.

Enfin, papa raccrocha. Puis il leva les yeux et nous vit.

– Tiens, bonsoir, vous deux ! murmura-t-il.

– Tu as un problème, Papa ? demandai-je.

Il soupira, puis retira ses lunettes et se frotta le nez.

– J'ai de très mauvaises nouvelles, Irène. De très, très mauvaises nouvelles.

4

– Qu’est-ce que c’est, Papa ? m’écriai-je.

À ma grande stupeur, un sourire se dessina lentement sur le visage de mon père. Il m’avait joué un tour !

– Je t’ai eue ! s’exclama-t-il, les yeux brillants de malice. Tu as encore marché !

– Tu exagères ! répliquai-je, furieuse, avant de foncer sur lui pour feindre de l’étrangler.

Mais sa bonne humeur était communicative et j’éclatai de rire. Martin, toujours sur le pas de la porte, hocha la tête d’un air de reproche.

– Plutôt ringarde, votre blague, Monsieur Wright.

Papa se dégagea pour rajuster ses lunettes.

– Désolé, mais vous êtes tellement naïfs tous les deux ! Je n’ai pas pu résister, ajouta-t-il en souriant. En fait, j’ai de très bonnes nouvelles.

– Est-ce encore une de tes plaisanteries ? demandai-je d’un ton soupçonneux.

Papa, très mystérieux, se pencha alors sur son bureau pour prendre quelque chose.

– Regardez ça. Savez-vous ce que c'est ?

Il nous tendait un objet qui tenait dans la paume de sa main.

C'était un véhicule en plastique noir, à quatre roues.

– C'est une sorte de wagonnet ? proposai-je.

– Plutôt une voiture de petit train. Vous voyez, les gens s'assoient sur des bancs, à l'intérieur… Le tout est tiré par un moteur. Mais savez-vous où ce train va circuler ?

– On donne notre langue au chat ! Allez, raconte-nous tout, s'il te plaît !

– Très bien, très bien ! dit-il en souriant devant mon impatience. Ceci est le modèle réduit d'un petit train qui circulera dans les Studios des Dents qui claquent.

J'en restai bouche bée.

– Tu veux dire qu'on va enfin pouvoir visiter les Studios ? parvins-je enfin à demander.

Je savais que papa travaillait sur ce projet depuis des années. Mais visiter un lieu aussi fabuleux me paraissait impossible !

– En effet, répondit papa. Nous allons bientôt l'ouvrir au public. Mais auparavant, je veux que vous le testiez, tous les deux.

– Hein ? Tu parles sérieusement ?

J'étais tellement contente que j'avais envie de sauter au plafond.

– Super ! Super ! s'exclamait Martin.

– J'ai conçu toutes les attractions, reprit papa. Je veux que vous soyez les premiers à monter dans ce train. J'ai besoin de votre opinion sur ce que vous aimez, et ce que vous n'aimez pas.

– Super ! Super ! répétait Martin en bondissant comme un cabri.

« Il va falloir que je lui attache une corde autour de la taille, songeai-je. Sinon, il va finir par s'envoler ! »

– Ça va être formidable, Papa ! Est-ce qu'on aura vraiment peur ?

– Je l'espère bien ! J'ai essayé de rendre ce circuit le plus effrayant et le plus réel possible. Vous rencontrerez tous les personnages des films d'horreur, et vous irez même dans l'Impasse des Dents qui claquent.

– La vraie ? s'écria Martin.

– Oui.

– Super ! Super ! Super !

– Génial ! Complètement génial ! m'exclamai-je, aussi enthousiaste que Martin.

Soudain, il s'arrêta de sauter, et redevint sérieux.

– Peut-être qu'Irène ne devrait pas venir, Monsieur Wright. Elle est vite effrayée, vous savez.

– Quoi ? répliquai-je, abasourdie.

– Elle avait tellement peur, pendant la projection du film, qu'il a fallu que je lui tienne la main ! insista ce gros lourdaud.

Quel menteur !

– Fiche-moi la paix ! lançai-je, furieuse. Si quelqu'un est trouillard ici, c'est toi, Martin !

Papa leva les bras dans un geste d'apaisement.

– Calmez-vous, les enfants ! Il ne faut pas vous disputer ! Au contraire, vous devez rester solidaires. Vous savez, vous serez tout seuls dans le train, demain. Il n'y aura personne d'autre.

– Super ! Super ! s'écria Martin, décidément à court de vocabulaire.

Mais je dois avouer que j'étais très émue moi aussi.

– Ce sera le plus beau jour de notre vie, hein, Martin ? Dis, Papa, est-ce que maman peut venir, aussi ? Je suis sûre que ça lui plairait.

– Comment ?

Papa me regarda en plissant les yeux derrière ses lunettes. Il était devenu cramoisi.

– Je te demandais seulement si maman pouvait nous accompagner.

Papa me dévisagea longuement.

– Tu vas bien, Irène ? demanda-t-il enfin.

– Oui, très bien.

En fait, je me sentais bizarre, tout à coup. Et mal à l'aise. Pourquoi papa me regardait-il comme ça ? Avais-je dit une bêtise ? À propos de maman, peut-être ?

5

Papa m'entoura les épaules de son bras.

– Martin et toi, vous vous amuserez beaucoup mieux sans personne d'autre. Tu ne crois pas ?

– Oui, sans doute, répondis-je, peu convaincue.

Pourquoi continuait-il à m'observer d'un air aussi méfiant ? J'aurais bien aimé le lui demander... Mais si jamais il se mettait en colère ? Je ne voulais pas qu'il revienne sur sa promesse de nous faire visiter les Studios des Dents qui claquent.

– Nous serons vraiment seuls ? demanda Martin.

– Oui, j'y tiens beaucoup.

Martin m'adressa un large sourire.

– J'espère qu'on aura vraiment très peur ! déclara-t-il en bougeant les sourcils de façon comique.

– Ne vous inquiétez pas, répliqua papa. Vous ne serez pas déçus !

Le lendemain après-midi, mon père nous conduisit aux Studios des Dents qui claquent.

– Quel temps lugubre ! murmurai-je.

– Parfait pour visiter les Studios des Dents qui claquent ! déclara Martin joyeusement.

Il était tellement énervé qu'il arrivait à peine à rester assis. Je ne l'avais jamais vu dans un état pareil !

Nous nous sommes engagés sur la route traversant les collines d'Hollywood. Au fur et à mesure que nous grimpions, le ciel s'assombrissait.

– J'espère qu'il ne va pas pleuvoir, dis-je en regardant la brume qui s'accrochait aux crêtes des collines.

Papa gloussa de rire.

– Tu sais bien qu'il ne pleut jamais à Los Angeles !

– Quels monstres allons-nous voir ? demanda Martin. Le Contractueur ? Le Chef des Affreux ?

Papa plissait les yeux derrière ses lunettes, très concentré sur sa conduite.

– Je ne vous le dirai pas, répondit-il. Je veux que ce soit une surprise. D'ailleurs, nous arrivons.

La route était plate, à présent. Sur un énorme panneau était écrit en lettres couleur de sang le nom que nous attendions avec tellement d'impatience : LES STUDIOS DES DENTS QUI CLAQUENT !

Papa ralentit, puis s'arrêta devant un énorme portail en fer. Un gardien, assis dans une petite guérite noire, lisait le journal. Au-dessus de sa porte, il y avait une guirlande de lettres d'or. « PRENEZ GARDE », déchiffrai-je en frissonnant.

Puis je vis le chien qui grognait à ses pieds en montrant les dents. Pas commode, le molosse !

Le garde daigna enfin lever les yeux vers nous. Il fit un grand sourire à papa, puis appuya sur un bouton. Le portail s'ouvrit aussitôt, avec un grincement sinistre. Nullement impressionné, papa alla se garer dans un grand hangar blanc, où il n'y avait que trois ou quatre voitures.

– Quand nous ouvrirons, la semaine prochaine, ce parking sera archi-plein ! déclara papa. Du moins je l'espère.

– Et aujourd'hui, il n'y a que nous ! Youpi ! s'écria Martin en sautant de la voiture.

– On a vraiment de la chance, renchéris-je.

Quelques minutes plus tard, nous étions devant le bâtiment principal. Il donnait sur une rue très large.

Parallèlement au trottoir couraient deux rails étincelants. Le quai était à peine indiqué par un petit auvent de toile noire, où un crâne blanc avait été peint.

La rue descendait plus loin, menant à une douzaine d'immeubles dispersés jusqu'au pied de la colline.

Papa désigna du doigt deux grands bâtiments.

– Là-bas, ce sont les salles de tournage.

– Est-ce qu'on passe dedans avec le train ? Où est l'Impasse des Dents qui claquent ? Où sont les monstres ? Est-ce qu'ils tournent un film en ce moment ? demanda Martin, surexcité.

Papa posa les mains sur ses épaules :

– Du calme, Martin. Tu vas disjoncter, si tu continues. Et tu ne survivras pas à la visite !

– Il faudrait peut-être le tenir en laisse, suggérai-je.

– Ouah ! Ouah ! fit-il.

Je n'avais pas envie de rire. Je regardai le brouillard s'épaissir encore, et je frissonnai. L'air était froid et humide. Quel temps bizarre…

– Vous êtes là uniquement pour le train, nous expliqua papa. Il fonctionne en pilotage automatique et je vous conseille de ne pas descendre avant d'être arrivés à bon port.

– Alors, on ne pourra pas marcher dans l'Impasse des Dents qui claquent ? gémit Martin.

– Non. Ce n'est pas autorisé. Vous devez absolument rester à bord. Je vous attendrai ici, sur le quai, ajouta-t-il en se tournant vers moi. Soyez bien attentifs, surtout. Je veux que vous me racontiez chacune de vos impressions. Et ne vous inquiétez pas si tout ne marche pas parfaitement bien. Il y a encore des détails à régler.

– Hé ! Voilà le train ! s'écria Martin.

Il y avait six wagonnets avec le toit ouvert, tous construits comme des sièges de montagnes russes. Ils étaient peints en noir. Le fronton du premier avait en plus un crâne blanc grimaçant.

Une jeune hôtesse, vêtue d'un uniforme noir, était assise dans le wagon de tête. Elle nous fit un signe de la main et sauta du train dès qu'il s'arrêta.

– Bonjour ! Je m'appelle Linda. Soyez les bienvenus aux Studios des Dents qui claquent.

Elle sourit à papa. Ses cheveux roux volèrent au vent.

Papa lui rendit son sourire.

– Bonjour, Linda, dit-il.

Il nous poussa doucement en avant, Martin et moi.

– Voici vos deux premières victimes, ajouta-t-il.

Linda éclata de rire.

– Et comment s'appellent-elles ?

– Moi, c'est Irène. Lui, c'est Martin. On adore les films d'épouvante, mais on n'est pas des victimes.

« Mieux vaut tirer les choses au clair tout de suite, me dis-je. Quelquefois, papa a un drôle de sens de l'humour. »

– Pouvons-nous monter devant ? demanda Martin.

– Bien sûr. Où vous voulez…

– Génial ! s'écria Martin. Et au revoir !

Il monta dans le train, et papa rit à son tour :

– Je crois qu'ils sont prêts à partir, ces deux-là.

La jeune femme repoussa les cheveux de son visage, et son expression devint grave. Elle était vraiment très jolie.

– D'abord, j'ai quelque chose à vous donner, les enfants…

Elle se pencha dans le wagonnet où elle avait été assise et en sortit un sac de toile noire. Elle exhiba un pistolet en plastique rouge. On aurait dit une arme de science-fiction, comme dans la série Star Trek.

– Voilà… C'est un claqueur à rayons paralysants. Faites bien attention, surtout, ajouta Linda en plissant ses yeux verts. Il peut pétrifier un monstre à plus de soixante mètres de distance.

Elle me tendit le pistolet, puis se mordit la lèvre inférieure, comme si elle avait peur. Comme si elle regrettait son geste…

– Ne tirez pas à moins d'y être obligés, reprit-elle. Et j'espère sincèrement que vous n'en aurez pas besoin.

J'éclatai de rire.

– Vous plaisantez, n'est-ce pas ? Ce ne sont que des jouets !

Pour toute réponse, elle plongea la main dans son sac et en retira un autre claqueur. Puis elle s'avança vers Martin pour le lui donner.

Mais soudain, elle trébucha sur une corde qui traînait sur le quai.

– Oh !

Son cri de surprise retentit en même temps que le pistolet, pointé dans sa direction, claqua dans sa main. Pan !

Linda se pétrifia instantanément sur le quai !

Seuls ses cheveux volaient encore au vent, comme de longs fils de soie…

6

– Linda ! Linda ! criai-je.

Martin en restait bouche bée. Il émit enfin une sorte de gargouillement.

Affolée, je me tournai vers papa.

– C'est horrible ! On ne peut pas la délivrer ?

À ma grande surprise, papa souriait. Et Linda aussi ! Au bout de quelques secondes, je compris enfin. Ils plaisantaient…

– C'était la première surprise du circuit des Dents qui claquent, expliqua Linda en abaissant le pistolet vers le sol.

Elle posa la main sur l'épaule de Martin.

– Je t'ai bien fait claquer des dents, n'est-ce pas ?

– Pas du tout ! Je savais que c'était une blague. J'ai fait semblant d'avoir peur.

– Allons donc, Martin ! protestai-je. Si tu avais eu un dentier, tu l'aurais perdu !

– Peuh ! Tu crois vraiment que je me laisserais impressionner par un stupide pistolet en plastique ?

– Il est temps de partir, à présent ! nous interrompit papa.

Nous ne nous sommes pas fait prier ! En un éclair, j'avais rejoint Martin.

Je cherchai des yeux une ceinture de sécurité ou une barre d'appui. Curieusement, il n'y avait rien de tout cela.

– Vous venez avec nous ? demandai-je à Linda.

– Non. Vous serez tout seuls, répondit-elle en tendant son claqueur à Martin. Mais vous êtes armés. Au cas où…

– Ouais, merci, marmonna Martin. C'est vraiment un truc de bébé, ce machin.

– À tout à l'heure ! Amusez-vous bien ! déclara papa.

– Surtout, restez toujours à bord ! ajouta Linda. Ne vous penchez pas à l'extérieur, et ne vous levez pas quand le train est en marche.

Elle appuya sur un bouton avec son pied et le train s'élança. Sous le choc, Martin et moi fûmes rejetés en arrière. Puis le train avança plus doucement.

– Le premier arrêt, c'est l'Horrible Maison Hantée ! nous informa en criant Linda. Bonne chance !

Je me retournai, elle nous adressa un signe de la main.

Une forte brise souffla dès que le train se mit à descendre la colline. Soudain, il fit très sombre et les immeubles disparurent dans le brouillard.

– Quelle idiotie ! ronchonna Martin en tournant le pistolet dans ses mains. Pourquoi aurait-on besoin d'une arme en plastique ? J'espère que le circuit n'est pas fait pour les bébés !

– Et moi, j'espère que tu vas arrêter de te plaindre. Tu te rends compte de notre chance ? Nous allons voir toutes les créatures des films des Dents qui claquent. Génial, non ?

Les immeubles paraissaient vides. En tout cas, ils n'étaient pas éclairés.

– Je veux voir les P'tits Loups, reprit Martin en faisant le compte des monstres sur ses doigts. Le Loupiot, la Loupiote, et aussi Doc' Piranha, le Capitaine Mortibus, le Grand Dingo Mutant et…

– Regarde ! m'exclamai-je en lui tapant sur l'épaule. Là-bas !

Du doigt, je désignai l'Horrible Maison Hantée. Alors que le train s'engageait dans un tournant, elle surgissait du brouillard. C'était une vieille demeure dont le toit et les grandes tourelles pointues s'enfonçaient dans le ciel gris. Les murs semblaient s'effacer dans la lumière crépusculaire.

Le train s'approchait rapidement.

Devant la façade, d'immenses herbes folles s'agitaient sous la brise. Les volets de la maison étaient écaillés et disloqués. Seule une fenêtre était éclairée. Comme nous passions devant le porche au plancher défoncé, une balancelle toute rouillée se mit à bouger. Naturellement, elle était vide.

J'étais enchantée.

– Peuh ! Cette maison a l'air beaucoup plus petite que dans le film, grommela Martin.

– Mais non, c'est exactement la même !

Je me détournai de lui et examinai la clôture en fil de fer barbelé. De quoi décourager tous les visiteurs !

Comme le train longeait l'un des côtés de la maison, le portail rouillé s'ouvrit d'un coup, dans un horrible grincement.

– Regarde !

Du doigt, je désignai les fenêtres du premier étage où des squelettes se balançaient d'avant en arrière, comme s'ils étaient pendus au plafond.

– Pas mal, reconnut Martin. Mais pas très original.

Il leva son pistolet en plastique et fit semblant de tirer sur les squelettes.

– Pan ! Pan ! murmura-t-il entre ses dents.

Le train contournait toujours l'Horrible Maison Hantée. Des cris de terreur nous parvenaient de l'intérieur, et les volets n'arrêtaient pas de claquer.

Les bruits devenaient assourdissants.

La balancelle bougeait d'avant en arrière, inexorablement, comme si un fantôme l'occupait.

– On va rentrer dans cette maison, oui ou non ? demanda Martin, impatient.

– Assieds-toi, et arrête de gémir ! répliquai-je sèchement. La visite vient juste de commencer, alors ne me gâche pas tout. D'accord ?

Il me tira la langue, mais se cala de nouveau contre son siège. À cet instant, un long hurlement traversa la nuit, suivi d'un cri à vous glacer le sang.

Manifestement, c'était un signal, car le portail s'ouvrit et le train entra dans la cour. Au milieu du jardin, il prit de la vitesse, bondissant vers la maison. Il y avait une pancarte au-dessus de la porte arrière : VISITEURS, ABANDONNEZ TOUT ESPOIR…

« Nous allons nous écraser ! » paniquai-je.

Je baissai la tête et levai les mains pour me protéger. Mais à ma grande surprise, au dernier moment la porte s'ouvrit en grinçant, et le train s'engouffra dans la maison à toute allure.

Puis, inexplicablement, il ralentit. Je baissai les mains et me redressai pour regarder autour de moi.

Nous étions dans une cuisine sombre, couverte de poussière. On entendait un rire démoniaque. À notre passage, les casseroles et les poêles, accrochées au mur, se mirent à s'entrechoquer dans un vacarme épouvantable. Ensuite, la porte du four s'ouvrit et se referma toute seule. La bouilloire siffla sur la cuisinière. Les assiettes s'agitèrent sur le vaisselier, comme si quelqu'un secouait le meuble.

– Brrr… Ça me donne la chair de poule, chuchotai-je.

– Tu parles ! Des frissons comme ça, j'en ai tous les jours, répliqua Martin, sarcastique. Ce que je m'ennuie ! ajouta-t-il en croisant les bras.

– Arrête de jouer les trouble-fête, Martin !

– Excuse-moi.

Le train quitta la cuisine et pénétra dans un couloir encore plus sombre. On distinguait des peintures représentant d'horribles créatures, accrochées aux murs.

Tandis que nous longions la porte d'un placard, elle s'ouvrit, et un squelette en sortit poussant un cri aigu. Il avait la mâchoire ouverte et les bras tendus comme pour nous attraper.

Naturellement, je hurlai de peur, et Martin éclata de rire.

Puis le squelette regagna son placard aussi vite qu'il en était sorti. Ni vu ni connu...

Le train avançait toujours. Il pénétra dans une grande pièce ronde.

– C'est le salon, glissai-je à l'oreille de Martin.

Levant les yeux, je vis un lustre au-dessus de nos têtes, avec une douzaine de bougies allumées.

Le train s'arrêta juste en dessous. Alors le lustre se mit à trembler, puis, avec un sifflement lugubre, toutes les bougies s'éteignirent en même temps. Pchhht...

Silence.

La pièce était plongée dans l'obscurité la plus totale...

Soudain, un rire grave éclata dans les ténèbres, me faisant tressaillir.

– Bienvenue dans mon humble maison ! tonna une voix d'outre-tombe.

– Qui est-ce ? demandai-je tout bas à Martin. D'où vient cette voix ?

Pas de réponse. Je me tournai de son côté.

– Martin !

Il avait disparu.

7

– Martin ?

La gorge serrée, je scrutai l'obscurité. Où était-il passé ? Il savait pourtant que nous n'avions pas le droit de sortir du train. Est-ce qu'il était quand même descendu ?

« Non, pensai-je. Je l'aurais entendu. »

– Martin ?

Quelqu'un m'attrapa le bras, et aussitôt, j'entendis un petit rire. Celui de Martin !

– Où es-tu ? m'écriai-je. Je ne te vois pas.

– Moi non plus. Mais je n'ai pas bougé. Je suis toujours assis à côté de toi.

– Hein ?

Je tendis la main et sentis la manche de sa chemise.

– Ça commence à être bien, déclara Martin. Tu ne peux vraiment pas me voir ?

– Non. Je ne comprends pas !

– Il y a un truc avec l'éclairage. C'est de la lumière noire ou quelque chose de ce genre. Un effet spécial super génial.

Soudain, une lumière orange, éclatante, embrasa la pièce. Un feu s'était allumé tout seul dans la cheminée. Devant, un grand fauteuil noir se retourna brusquement. Il contenait un squelette grimaçant qui faisait bouger ses mâchoires.

– J'espère que vous aimez ma maison, déclara-t-il d'une voix tonitruante. Parce que vous n'en partirez jamais. Ha ! Ha ! Ha !

Il rejeta la tête en arrière et ricana de plus belle. Quel rire affreux !

À mon grand soulagement, le train repartit dans un bruit fracassant.

Laissant le salon derrière nous, nous pénétrâmes dans un long couloir. Le rire du squelette nous poursuivait toujours ! Le train prit de la vitesse et je retombai sur mon siège, tandis que nous nous engagions dans un tournant.

Ensuite, nous empruntâmes un autre couloir qui descendait on ne sait où. Nous étions dans l'obscurité.

Le train accéléra. Plus vite, plus vite... Pourtant, nous grimpions maintenant.

J'avais le vertige. Mais ce n'était rien en comparaison de ce qui allait suivre. Soudain, le train sembla glisser sur une pente tellement raide que Martin et moi, nous nous mîmes à crier en nous protégeant de nos bras. Cette fois, il n'y avait pas de doute, nous allions nous écraser !

Eh bien, pas du tout...

Le train s'enroula comme un serpent sur lui-même et ondula pour monter à l'assaut d'une mystérieuse colline. Toujours plus vite… Et puis, de nouveau, il redescendit à une vitesse infernale.

C'était des montagnes russes dans une totale obscurité… C'était génial !

Martin et moi n'arrêtions pas de crier et de nous cogner l'un contre l'autre, tandis que le train filait à toute vitesse dans les couloirs obscurs de l'Horrible Maison Hantée. Nous montions, montions encore… et puis nous redescendions, comme si nous tombions dans un puits sans fin.

Je m'accrochai tellement fort au montant du wagonnet que j'en avais mal aux mains. J'avais peur d'être éjectée.

Soudain, notre voiture pencha brusquement d'un côté, comme si elle devinait mes pensées et voulait effectivement m'éjecter.

Je poussai un cri perçant et glissai, sentant le métal de la portière contre mon bras. Et Martin qui tombait lui aussi sur moi !

Je tendis la main pour m'accrocher à quelque chose, n'importe quoi !

À ce moment-là, le wagonnet bascula et se remit en place. Je me retrouvai de nouveau droite sur mon siège.

– C'était complètement géant ! s'écria Martin en riant.

Toujours agrippée à la portière, j'essayai de calmer les battements de mon cœur.

– Géant, géant… Moi, je commence à avoir mon compte, maugréai-je. J'ai failli tomber.

Plong ! À cet instant, une porte s'ouvrit devant nous, et le train s'y engagea. Nous étions dehors ! Les yeux écarquillés de surprise, je regardai les arbres, le ciel gris et brumeux.

Mais déjà nous filions dans la cour, projetés deci de-là au gré des cahots. Nous zigzaguions à toute allure entre les arbres.

– Ouh ! Arrêtez ! suppliai-je d'une voix étranglée.

Je n'arrivai pas à reprendre mon souffle. Notre vitesse était telle que le vent nous sifflait aux oreilles.

Le train roulait avec des crissements stridents comme si les rails étaient rouillés et cabossés. Que se passait-il ? Ce circuit était tout neuf, normalement. J'avais beau m'accrocher, il y avait tellement de cahots que je rebondissais sur mon siège.

« Qui pourrait nous porter secours ? » pensai-je en scrutant les alentours. Je ne voyais personne.

Je me tournai vers Martin. Il paraissait hébété.

Le train ralentit jusqu'à atteindre une vitesse normale. En même temps, je m'aperçus que nous avions regagné la route.

– C'était super ! déclara Martin en se recoiffant avec ses doigts.

Il souriait, mais je savais qu'il avait eu peur, lui aussi.

– Ouais. Génial.

J'essayai de paraître enthousiaste, mais ma voix sortit toute faible et tremblante.

– Des montagnes russes dans la nuit ! s'exclama Martin, émerveillé. Je dirai à ton père que c'est ce qu'il y avait de mieux ! Mais où sommes-nous ?

Le train ralentit encore, puis s'arrêta. Bizarre !

Nous étions immobilisés entre deux haies, dont la cime ressemblait à une série de lances effilées.

Au-dessus de nous, le soleil tentait de percer le brouillard, projetant l'ombre des arbustes sur les wagonnets.

Martin se leva et observa les alentours.

– Nous sommes au beau milieu de nulle part ! Il n'y a sûrement pas d'attraction, ici.

– Tu ne crois pas que…

Je m'interrompis en voyant la haie bouger. On aurait dit que les branchages se tortillaient !

– Martin ! murmurai-je en le tirant par la manche.

Il y avait deux cercles rouges derrière la haie. Des yeux…

– Martin ! Il y a quelqu'un !

Deux nouveaux yeux de braise, puis d'autres. Ils nous fixaient à travers la haie. Soudain, des griffes noires écartèrent le feuillage. Une silhouette sombre bondit en avant, aussitôt suivie d'une autre. L'air résonnait de grognements sauvages.

Je restai clouée sur place.

En un éclair, d'horribles créatures surgirent de l'épaisseur de la haie, en soufflant des naseaux comme des dragons. Elles s'avancèrent et grimpèrent dans le train.

8

– Ohhhhhhh ! gémit Martin en reculant.

« Peut-être pourrais-je m'échapper en descendant de l'autre côté de la voiture », me dis-je.

Mais les créatures arrivaient de tous les côtés !

– Laissez-nous tranquilles ! les suppliai-je.

Un monstre, couvert d'une fourrure brune toute emmêlée, ouvrit sa gueule, découvrant de longues rangées de dents jaunes et pointues, et son haleine chaude m'explosa à la figure. Pétrifiée, je l'entendis émettre un rugissement menaçant.

– Voulez-vous un autographe ? demanda-t-il.

Je le regardai sans comprendre.

– Une photo dédicacée, peut-être ? insista-t-il en levant sa patte.

Il tenait un appareil Polaroïd ! Clic clac… le flash m'aveugla un instant.

– Hé ! C'est vous, Face de Singe ! Je vous reconnais ! s'écria Martin.

La créature hocha la tête, puis tendit la photo à Martin.

– Vous la voulez ? C'est compris dans le circuit.

– Ouais ! Super ! répliqua Martin.

Maintenant que mon cœur battait de nouveau normalement, je commençais à identifier les créatures.

La créature recouverte de vase rouge-brun, c'était le Barbaro-Toxique. Il y avait aussi Sue La Sucrée, la poupée qui marche et qui parle. C'est une mutante de Mars, qui ne songe qu'à assassiner tout le monde.

Le monstre avec une tête de grenouille et recouvert de verrues de la tête aux pieds était le Chef des Affreux, plus connu sous le nom de Toto Crapoto.

– Toto... Puis-je avoir votre autographe ? demandai-je timidement.

Avec des coassements hideux, le Chef des Affreux glissa un stylo entre ses doigts couverts de verrues et signa sa photo.

Martin et moi récoltâmes un gros tas d'autographes, puis les créatures retournèrent en grognant dans la haie.

Après leur départ, Martin et moi éclatâmes de rire.

– C'était vraiment stupide ! m'écriai-je, soulagée. Quand je les ai vus arriver, j'ai cru que c'était des vaches... Enfin, c'est tout de même sympa d'avoir leurs signatures.

Martin prit un air dégoûté.

– Tu parles ! C'était rien que des comédiens déguisés, déclara-t-il d'un ton méprisant. Ce circuit est nul. Même à la maternelle, ils n'en voudraient pas.

– Mais enfin, ils avaient l'air vrai ! Toto Crapoto, par exemple, il avait réellement les mains visqueuses.

Et la fourrure de Face de Singe semblait tout à fait réelle. Si c'étaient des costumes, comment ont-ils pu les mettre ? Je n'ai vu ni boutons, ni fermetures Éclair !

– Parce que ce sont des déguisements de film, expliqua Martin d'un ton sentencieux. Ils sont mieux faits que les déguisements normaux, tout simplement.

Ah ! celui-là, quand il fait son Monsieur Je-Sais-Tout !

Le train se remit en route, mais à reculons, cette fois. Je m'installai confortablement dans mon siège et aperçus les bâtiments blancs du studio. Nous étions tout en bas de la colline. « Et s'ils tournaient un film ? me demandai-je. Peut-être que le train nous emmène sur le plateau pour assister aux différentes prises de vue ? Ce serait fantastique ! »

Deux petites voitures électriques circulaient sur la route. Dans le ciel, le soleil s'efforçait toujours de percer le brouillard.

Soudain, le train s'élança sur l'herbe, grimpant la colline comme s'il avait le diable à ses trousses. Il prit un tournant serré et se dirigea vers les arbres.

– Restez dans la voiture en toutes circonstances ! déclara soudain une voix féminine dans le haut-parleur. Votre prochain arrêt sera la Caverne des Mouchatouilles Froides.

– Ouais ! Génial ! Voilà qui nous fera frissonner pour de bon ! s'exclama Martin.

– Sûrement, renchéris-je sans enthousiasme.

Je ne croyais pas si bien dire…

9

Le train zigzagua entre les arbres. Leurs ombres nous suivaient comme des fantômes.

« Si seulement il y avait d'autres enfants, accompagnés de leurs parents..., me dis-je. Ce serait beaucoup moins effrayant. » Ce silence accroissait mon anxiété.

– Regarde ! s'exclama Martin en m'attrapant le bras.

Nous foncions à toute allure vers une caverne, droit devant nous. La fameuse caverne des Mouchatouilles Froides !

Le train ralentit en approchant de la grotte, un immense trou creusé dans le flanc de la colline.

Une lumière argentée tremblotante éclairait l'entrée au-dessus de laquelle il y avait un mot grossièrement peint en rouge : ADIEU !

Le train fit une embardée, comme s'il avait des regrets. Je ne me sentais pas très fière, non plus.

Les doigts crispés sur le montant de la voiture, je restai muette, tandis que nous pénétrions dans la caverne.

L'air devint tout de suite plus froid et humide. Une odeur aigre montait de la terre, me raclant la gorge.

– Dis, Irène, chuchota Martin, tu crois qu'il y a des chauves-souris, par ici ?

Il rejeta la tête en arrière et ricana, très content de lui. Il sait que je déteste ces bêtes-là ! Bien sûr, ce ne sont pas des animaux dangereux. Elles ne mangent que les moustiques et autres insectes.

Mais, pour tout vous avouer, je trouve ces animaux laids et dégoûtants.

Le train s'enfonça dans la caverne. Il faisait de plus en plus froid.

– Oh ! là-bas ! s'écria Martin. Un vampire !

– Hein ? Où ça ?

Bien sûr, c'était encore une farce idiote. Martin rit comme un fou en me voyant trembler.

Je lui donnai un grand coup de poing dans l'épaule.

– Tu n'es pas drôle ! Tu es complètement stupide !

Ça l'a fait rire encore plus fort.

– Je suis sûr qu'il y a des chauves-souris dans cette caverne ! insista-t-il. Elle est sombre et profonde. Idéal pour ces petites bêtes-là. De plus, elles font partie des Mouchatouilles, non ?

Et s'il avait raison ?

Je tendis l'oreille, guettant des bruits d'ailes. Mais je n'entendis rien, rien que le train glissant sur les rails.

Les murs de la caverne se rapprochaient de plus en plus, comme s'ils allaient se refermer sur nous. Nous effleurions la paroi poussiéreuse, à présent, et il faisait vraiment noir.

Au bout d'une longue pente, la lumière revint, argentée et lugubre. Elle éclairait une rangée de pics de glace suspendus au plafond : des stalactites !

Je jugeai utile de baisser la tête tandis que le train passait en dessous. De près, ils ressemblaient à des défenses d'éléphant, transparentes et aiguisées comme des poignards…

Je décidai de regarder droit devant moi. La caverne s'élargissait. De grandes ombres se déplaçaient en dansant sur les murs.

– Ohhhh !

Je gémis en sentant quelque chose de froid et de visqueux me tomber dans le cou.

– Martin ! Ôte tes mains froides de mon cou !

– Qui ? Moi ?

Je me tournai vers lui. Il ne me touchait pas ! Ses deux mains tenaient le devant de la voiture. Alors qu'est-ce qui m'était tombé dans le cou ? C'était glacé, mouillé, et répugnant.

Je tremblai de tout mon corps.

– Martin ! Au secours !

Il me regarda d'un air étonné.

– Qu'est-ce qui te prend, Irène ?

– Là, sur mon cou…

En sentant la chose bouger, je décidai de ne pas attendre l'aide de Martin. Je glissai la main sous mon T-shirt et retirai quelque chose de gluant et de froid, que je lâchai aussitôt.

La chose tomba sur le siège.

Un escargot ! Dans une coquille noire et rose bonbon. Un énorme escargot tout baveux…

– Beurk ! s'exclama Martin en se penchant pour l'examiner. Je n'ai jamais vu un escargot aussi gros ni de cette couleur.

– Il est tombé du plafond ! Il est glacé.

– Laisse-moi le toucher…

Il leva la main et tendit son index vers l'escargot. Comme celui-ci demeurait immobile, Martin enfonça son doigt dans la coquille. Elle semblait toute molle…

Soudain, Martin poussa un cri d'horreur qui retentit dans toute la caverne.

10

– Qu'y a-t-il, Martin ? m'exclamai-je, terrorisée.

– Je… Je… Je…

Il n'arrivait plus à parler et les yeux lui sortaient de la tête. Lentement, il leva la main et attrapa un escargot gluant sur ses cheveux.

– Je… j'en ai un aussi ! murmura-t-il.

Je regardai le mollusque avec une grimace de dégoût. Il était presque aussi grand que sa main ! Martin le jeta par-dessus bord, et j'en fis autant avec le mien.

Puis je sentis quelque chose me tomber sur l'épaule.

Plop ! Quelque chose de mou et d'humide… Plop ! Sur ma tête. Plop ! Plop ! Sur mon front…

– Ohhhh ! Au secours !

Je lançai mes bras de tous les côtés pour me protéger. Rien à faire. Il fallait que je les attrape par poignées pour m'en débarrasser.

– Martin ! À l'aide !

Je jetai un coup d'œil de son côté. Mais lui aussi était aux prises avec ces sales bestioles. Il se tortillait et baissait la tête de droite à gauche, dans l'espoir d'échapper à la pluie de limaçons. Il en avait sur les épaules, sur les oreilles…

Pourquoi le train n'avançait-il pas plus vite ? Nous roulions à une vitesse… d'escargot !

D'où venaient ces drôles de mollusques ? Je levai les yeux, machinalement, et une grosse limace me tomba sur les paupières. Plop ! Je poussai un cri perçant, attrapai la bestiole et la lançai au loin. J'en avais vraiment assez, de ces créatures répugnantes ! À cet instant, le train prit un tournant serré, nous faisant basculer sur notre siège.

La caverne se rétrécit de nouveau, et le train pénétra dans un tunnel baigné d'une lumière glauque. Comme nous prenions de la vitesse, deux énormes escargots, gros comme des lapins, atterrirent sur mes genoux. J'eus un mal fou à m'en débarrasser. Ils glissaient, et mes doigts s'enfonçaient dans leur carapace molle et rose.

Tout mon corps me démangeait ! Ma nuque me piquait, et je ne pouvais pas m'arrêter de trembler.

– Il n'en tombe plus, constata Martin d'une voix peu assurée.

Je me frottai la nuque, et me redressai sur mon siège en soupirant.

– Beurk ! C'est vraiment répugnant ! gémis-je.

Martin se grattait la poitrine des deux mains.

– On se souviendra des Mouchatouilles Froides ! râla Martin. Je suis gelé ! Et j'ai horreur de ce genre de guili-guili.

Je frissonnai. Ça me démangeait toujours ! J'avais beau savoir qu'il ne tombait plus de bestioles, je continuais à les sentir sur moi.

– Tu crois que c'étaient des vrais ? demandai-je en claquant des dents.

– Bien sûr que non ! répondit Martin, hautain. Ne me dis pas que tu y as cru ? Des escargots rose bonbon, en plastique mou ! Pffff…

– À moi, ils me semblaient tout à fait réels. Et ils avaient une façon de ramper…

– C'étaient des jouets télécommandés, ou un truc de ce genre, répliqua Martin en se grattant le cou. Tout est truqué, ici. Alors ils étaient forcément faux.

– Je n'en suis pas si sûre.

– Tu n'auras qu'à demander à ton père, répliqua Martin.

Il paraissait tellement maussade que ça me donna envie de rire. Je savais bien pourquoi il était soudain de si mauvaise humeur ! Les escargots, vrais ou faux, lui avaient fait peur. Et il savait que je le savais…

– Les petits enfants ne vont pas aimer ce genre de mouchatouilles, déclara-t-il d'un air important. Ça leur fera vraiment trop peur.

J'allai répondre, quand je sentis quelque chose me tomber dessus. Je me figeai de surprise. Encore !

Cette fois, c'était sec et rêche. Ça recouvrait mon visage, mes épaules, mon corps tout entier… Je lançai mes mains en avant pour repousser la chose. On aurait dit un filet très fin, très solide, et en même temps cassant comme de la glace. Je clignai des yeux… Neigeait-il ?

Non, la neige ne m'aurait pas enveloppée comme ça. C'était comme si une force invisible voulait m'étouffer… Je tentai désespérément de m'en défaire.

– Martin !

J'avais crié, mais, à travers les mailles froides, ma voix n'était plus qu'un murmure.

Et Martin se débattait aussi, prisonnier du même filet. Le train accélérait dans le tunnel. Au fur et à mesure que nous laissions la lumière derrière nous, la fine membrane devenait collante sous mes doigts. On aurait dit de la barbe à papa, mais solide comme du fil de fer.

– C'est une toile d'araignée géante ! glapit Martin.

Je me débattais en tirant dans tous les sens. Peine perdue ! Les fils transparents adhéraient à mon visage, à mes bras, à mes vêtements…

– C'est dégoûtant ! m'écriai-je d'une voix étranglée.

Soudain, je vis deux gros points verts phosphorescents courir sur la toile. Il me fallut deux secondes pour comprendre ce que c'était. Des yeux d'araignées !

– Ohhhh !

Il y en avait des centaines !

J'étais horrifiée. Je tirais avec énergie sur les mailles.

En vain.

Je parvins à ôter quelques araignées. Mais elles étaient trop nombreuses. Elles couraient sur moi comme de gros pucerons aux pattes glacées.

– J'en ai dans les cheveux ! gémit Martin.

Il en oubliait de paraître indifférent, Monsieur Je-n'ai-peur-de-rien ! Il passait ses mains dans les cheveux, se donnait des claques sur la tête, pour se débarrasser des insectes.

Pendant ce temps, le train continuait d'avancer en silence.

Quel spectacle nous devions offrir à nous trémousser et à nous tortiller, ficelés comme des saucissons !

Ce n'était pas facile, dans ces conditions, d'ôter les araignées. J'en enlevai quand même trois de mes cheveux, au prix d'efforts insensés.

Il y en avait une qui commençait à me chatouiller les narines. Celle-là, je n'eus aucun mal à m'en délivrer… j'éternuai, tout simplement !

Martin réussit à libérer une de ses mains et déchira ma toile en tirant de toutes ses forces.

Ouf !

Elle s'envola dans le tunnel, emportant des centaines d'araignées brillantes comme des lucioles.

À mon tour, je délivrai Martin.

Nous étions incapables de prononcer la moindre parole.

Mon cœur battait à se rompre.

– Tu crois toujours que tout est faux ? demandai-je enfin d'une voix tremblante. Tu as vu leurs pattes ? Elles marchaient, Martin ! Je suis certaine qu'elles étaient vraies.

– Tu parles d'un truc ! Des robots vivants... murmura-t-il en souriant d'un air béat. Ça alors c'est super mouchatouilles !

Je soupirai longuement. Je ne trouvai pas ça génial du tout. C'était répugnant et terrifiant.

Je décidai de dire à mon père que les escargots et les araignées étaient trop effrayants. Il faudrait absolument qu'il s'en débarrasse avant d'ouvrir le circuit au public.

Tout le monde n'avait pas notre expérience des monstres des Dents qui claquent !

Je croisai les bras et regardai droit devant moi, morose. Qu'est-ce qui nous attendait encore ? Pourvu qu'il n'y ait plus d'insectes dégoûtants !

– Quand va-t-on sortir de cette caverne ? demandai-je avec impatience. Ce n'est vraiment pas drôle.

– Moi, je trouve que si. J'adore explorer les grottes.

Il allait être comblé !

L'étroit tunnel s'ouvrit bientôt largement. Le plafond paraissait à plus de dix mètres.

Il y avait d'énormes rochers éparpillés sur le sol. Des rochers amassés sur d'autres rochers. Partout.

Bizarre. De tels blocs n'avaient pas pu se détacher tout seuls de la paroi.

Soudain, j'entendis de l'eau tomber.

Ploc ! Ploc ! Ploc !

Le train roula lentement jusqu'au mur du fond, dans une lumière verdâtre venue d'on ne sait où, puis il s'arrêta. Étions-nous arrivés au terme du circuit ?

– Qu'est-ce qui se passe ? murmurai-je en me retournant pour explorer des yeux l'immense caverne.

Il n'y avait que des rochers, à perte de vue. Certains étaient lisses, d'autres ronds, d'autres carrés.

Drôle d'attraction ! Là, papa n'avait pas été inspiré

Ploc ! Ploc ! Ploc !

De l'eau tombait goutte à goutte quelque part sur notre droite. Je frissonnai. Il faisait froid et humide.

– Ce n'est pas marrant, ici ! dit Martin. Quand est-ce qu'on s'en va ?

– Ce n'est qu'une grande grotte vide, ajoutai-je. Le terminus, sans doute. On n'a plus qu'à attendre que le train se remette en marche. Tu sais, il a des horaires à respecter.

Une minute s'écoula. Deux, trois, cinq... Au bout de dix minutes, je commençai à perdre patience. Martin était agenouillé sur son siège, scrutant l'immense salle vide.

Rien ne bougeait.

Les murs de pierre renvoyaient le bruit de l'eau.

Ploc ! Ploc, ploc ! Ploc ! Ploc, ploc…

Ce que ça pouvait être énervant !

N'y tenant plus, je mis mes mains en porte-voix et criai :

– Ohé ! Il y a quelqu'un ? Vous nous entendez ?

– Qu'un… Tendez, tendez, tendez, fit l'écho.

– S'il vous plaît ! repris-je. Nous sommes coincés au fond de la grotte !

– Grotte… grotte… otte…

Ploc ! Ploc ! Ploc, ploc !

Je plissai les yeux pour mieux scruter la caverne. Cette lumière glauque était vraiment pénible ! Je me promis de dire à papa de changer les néons.

Et pourquoi ce maudit train ne bougeait-il pas ?

Était-il en panne ? Étions-nous vraiment coincés dans ce trou ?

Je me tournai vers Martin.

– Que se passe-t-il ? Tu crois que nous… Hé !

Je m'interrompis en voyant le siège vide à côté de moi. Était-ce encore un truc ? Une illusion d'optique ?

– Martin ! Hé, Martin ! appelai-je d'une voix rauque en tendant les bras.

Je ne rencontrai que le vide ? Un frisson glacé me parcourut le dos.

Cette fois, Martin avait vraiment disparu !

11

– Martin ?

Un grattement, sur le côté du train, me fit sursauter. Je fis volte-face.

Martin, tout souriant, était accroupi sur le sol de la grotte !

– Je t'ai eue !

– Espèce d'imbécile ! répliquai-je en essayant de le frapper.

Il s'esquiva en riant.

– Tu as essayé de me faire peur exprès ! m'exclamai-je, furieuse.

– Ça n'est pas difficile, froussarde ! Mais en fait, je suis descendu pour voir ce qui se passait.

– Tu es fou ! Tu sais ce que Linda et papa nous ont dit. Il ne faut descendre à aucun prix ! Et si nous démarrions brusquement ?

Martin s'accroupit et examina les roues d'un air ennuyé.

– J'ai l'impression que les wagonnets sont coincés.

Il leva les yeux vers moi et poursuivit :

– Le problème, c’est qu’il n’y a pas de rails…

– Quoi ?

– Il n’y a pas de rails, pas de voie ferrée, rien du tout ! insista-t-il en se grattant la tête. Ce doit être un train super-moderne.

– Remonte, Martin ! suppliai-je. Si jamais nous repartions, tu resterais ici !

Monsieur l’Entêté préféra attraper le wagonnet des deux mains et le secouer. Évidemment, ça ne servit à rien. La voiture rebondit sur ses roues, mais n’avança pas d’un pouce.

– À mon avis, il s’agit d’une panne, déclara-t-il. Ton père a dit que certaines choses ne marchaient pas très bien.

Une panne ? Mon cœur se serra, comme pris dans un étau.

– Tu crois qu’on est bloqués ici ? Tout seuls dans cette horrible grotte ?

Il se glissa entre le train et le mur de la caverne. Puis il essaya de toutes ses forces de repousser les wagonnets. Rien ne bougea.

– Oh ! Non ! gémis-je, épouvantée. C’est affreux ! On ne s’amuse plus du tout !

Je criai de nouveau, à pleins poumons.

– Il y a quelqu’un ? Personne ne travaille ici ? Ohé ! Nous sommes bloqués !

– Bloqués… qué… qué… qué…

Ploc ! Ploc ! Ploc !

Pour toute réponse, je n’avais que le bruit des gouttes d’eau. J’avais l’impression qu’elles me disaient : Sotte ! Sotte ! Sotte !

– Quelqu'un peut nous aider ? insistai-je. S'il vous plaît !

– Plaît… plaît…

Ploc ! ploc !

– Oh ! Mais que va-t-on devenir ! m'exclamai-je, désespérée.

Martin essayait toujours de pousser le train. Il se prenait pour Superman, ma parole !

Il fit une dernière tentative, puis renonça.

– Tu ferais mieux de descendre, Irène, soupira-t-il. Il va falloir qu'on marche.

– Remonter ce tunnel tout noir ? Pas question !

Il vint me rejoindre.

– Tu n'as pas peur, n'est-ce pas, Irène ? susurra-t-il avec un grand sourire.

– Si ! Enfin, un peu…, dis-je en regardant autour de moi. Je n'ai aucune envie de recevoir une nouvelle douche d'araignées, ni de glisser sur ces gros escargots mous.

– On trouvera bien un moyen de sortir, insista Martin. Il y a sûrement une porte quelque part. Ils construisent toujours une issue de secours, dans ce genre d'attractions.

– Je crois que nous devrions rester dans notre voiture, déclarai-je d'un ton hésitant. Quelqu'un finira bien par venir.

– Cela peut prendre des jours ! Allez, viens, Irène. Moi, je rentre. Tu descends, oui ou non ?

– Non ! Je reste ici, dis-je en croisant les bras sur ma poitrine.

Je savais qu'il ne s'en irait pas sans moi. J'en étais sûre.

– D'accord. Alors au revoir.

Il tourna les talons et s'éloigna d'un pas rapide.

– Hé ! Martin !

– Salut, Irène ! Je ne vais pas attendre ici jusqu'à la saint-glinglin !

Il s'en allait pour de bon ! Il me laissait toute seule dans cette caverne de malheur…

– Martin ! Attends !

Il se tourna vers moi.

– Tu viens ou quoi ?

– D'accord, d'accord !

Je n'avais pas le choix. Je sautai à terre. Le sol était mou et humide. Je marchai lentement, en faisant la grimace. C'était dégoûtant, cette gadoue élastique !

– Dépêche-toi ! lança-t-il. On ne va pas passer la nuit ici !

Il marchait à reculons, à présent, en me faisant de grands gestes pour m'encourager.

Mais je m'immobilisai, pétrifiée d'horreur.

– Ne me regarde pas comme ça, trouillarde ! Je n'ai rien d'une monstrueuse mouchatouille… ajouta-t-il en tordant la bouche et en se grattant sous les bras, comme un gros singe.

Ça ne me fit pas rire du tout. Derrière Martin, quelque chose se tenait et me flanquait une peur bleue !

12

– Ma… Ma…

J'essayai d'avertir Martin, mais aucun son ne voulait sortir de ma gorge. Et cet imbécile qui continuait de reculer, fonçant droit vers l'énorme créature dressée derrière lui !

– Avance, Irène !

– Ma… Mar…

Je réussis tout de même à lever la main pour désigner la chose.

– Ben, quoi ?

Martin fit enfin volte-face et poussa un cri d'horreur.

Il glissa sur le sol en voulant me rejoindre.

– Qu'est-ce que c'est, ce truc ? bredouilla-t-il en retrouvant son équilibre.

J'étais bien incapable de lui répondre. On aurait dit une immense grue, comme celle qu'on voit sur les chantiers. Mais quand l'espèce de bête s'est levée sur ses pattes arrière, elle ne ressemblait plus du tout à une machine. À coup sûr, c'était une mouchatouille, et bien vivante, croyez-moi !

Elle avait des yeux noirs gros comme des boules de billard, et ils roulaient de façon effrayante dans son crâne décharné, en métal brillant. Ça me faisait penser à des gros rouleaux de réglisse dans les machines distributrices.

Deux longues antennes dansaient au sommet de sa tête, sans doute pour faire joli.

La créature dardait sa langue grise entre de longues moustaches hérissées, et ses lèvres pendaient mollement, incolores. « Si papa a inventé cette bête, il ne devait pas être très en forme, ce jour-là ! » me dis-je pour reprendre courage.

Le corps de la mouchatouille s'étirait en arrière comme une feuille repliée. Lorsqu'elle se leva complètement, elle bougea ses pattes de devant.

Elles étaient blanches et droites. De vrais piquets.

Bref, la créature ressemblait globalement à une espèce de gros tas de tubes mal assemblés.

Soudain, ses longues pattes arrière se plièrent, projetant le monstre en avant. Puis, de nouveau, il les fléchit et se propulsa d'au moins un mètre.

Pendant ce temps, sa langue épaisse se balançait d'un côté et de l'autre de sa bouche, comme un balancier. Puis il cessa de rouler des yeux et me regarda fixement.

– C'est une sauterelle, tu crois ? demandai-je d'une voix rauque, tandis que nous reculions vers le train.

Brandissant ses bras en forme de bâtons, la créature fit un autre bond dans notre direction. Drôle de danse ! Ses antennes tournaient lentement autour de sa tête. Je n'aimais pas ça du tout… Mais alors pas du tout !

Soudain, nous heurtâmes le mur froid de la grotte. Nous ne pouvions plus reculer davantage.

– Je crois que c'est une espèce de mante religieuse, répondit Martin.

– De cette taille ? Et qui avance en bondissant ?

L'insecte devait être au moins dix fois plus grand que nous ! Quand il avançait, sa tête touchait presque le plafond de la caverne.

Immobile, maintenant, la bête léchait sa bouche. Elle émit des bruits de succion. C'était écœurant !

La mante nous regarda de ses gros yeux de réglisse. Puis elle bondit de nouveau vers nous en baissant la tête. On aurait dit un taureau qui chargeait.

– Que va-t-elle faire ? balbutiai-je en me pressant contre le mur de la grotte.

À ma grande surprise, Martin éclata de rire. Était-il devenu fou ?

Je me tournai vers lui et l'attrapai par l'épaule.

– Martin ? Ça ne va pas ?

– Mais si ! Au contraire !

Il se dégagea et fit un pas vers l'énorme insecte.

– Pourquoi aurions-nous peur, Irène ? C'est un robot géant, voilà tout. Il est programmé pour marcher jusqu'au train, nous flanquer la trouille de notre vie, et basta !

– Martin, voyons…

– Il est programmé par ordinateur, je te dis !

Il continuait à fixer l'insecte d'un air insolent, tandis que celui-ci approchait sa tête vers nous, avec ses antennes qui dodelinaient de partout.

– Il n'est pas réel ! insista-t-il. Il fait partie de l'attraction des Mouchatouilles Froides.

La créature ne semblait pas apprécier les paroles de Martin. Ses antennes se mirent à crépiter, et une coulée de bave apparut au coin de sa bouche. Lentement, une grosse bulle se forma, couleur jaune d'or, puis gonfla, gonfla, comme un soleil aveuglant, et éclata avec un bruit retentissant. Bang !

La créature lécha le restant de jaune d'un coup de langue et se remit à mastiquer.

La bête nous fixait d'un air méchant, et ses mandibules s'activaient. Elle ne ressemblait pas à une machine, je vous l'assure !

– Euh… Elle a l'air vraiment réelle, murmurai-je.

– Penses-tu ! Ton père a le génie des robots ! Il faudra lui dire qu'il a bien réussi la mante religieuse. Je ne voudrais pas qu'elle me mouchatouille, celle-là !

Maintenant, le monstre se frottait les pattes avant, provoquant un sifflement si aigu que je me couvris les oreilles. En fait, il venait de lancer un appel, car une deuxième mante religieuse géante sortit en sautillant de derrière un gros rocher.

– Regarde ! Il y a en une autre ! s'écria Martin en montrant l'animal du doigt. Ils se déplacent drôlement vite, pour des robots.

Les insectes entrechoquèrent leurs antennes, provoquant un son insupportable et métallique. Leurs gros yeux tournoyèrent dans leurs orbites, comme s'ils se disaient des choses intéressantes.

Puis la salive coula de leurs bouches, et de grosses bulles jaunes éclatèrent. Pang ! Un soleil ! Un autre ! La deuxième mante ouvrit alors des ailes nacrées, au milieu de son dos, puis les referma aussitôt.

– C'est drôlement bien fait ! s'exclama Martin, admiratif. On ferait sans doute mieux de retourner dans le train, maintenant. Il va probablement repartir. L'attraction est terminée.

Rien n'était moins sûr, à mon avis.

J'avais raison. Les deux bestioles se donnèrent de nouveau des coups d'antenne et s'approchèrent de nous en sautillant. Leurs pattes en forme de bâtons semblaient mues par des ressorts.

– Ces monstres me semblent beaucoup trop réels, m'écriai-je. Je veux sortir d'ici !

J'emboîtai le pas à Martin, mais la première bête bondit rapidement en avant, nous bloquant le passage. J'essayai de la contourner d'un côté, et Martin de l'autre, mais elle bondit de-ci de-là, nous empêchant de passer.

– Elle veut nous intimider ou quoi ? m'exclamai-je.

À cet instant, elle se baissa et me donna un grand coup de tête sur la poitrine. Je tombai en arrière de tout mon long.

– Arrêtez ! cria Martin. Bon sang ! Ces robots sont sûrement détraqués !

La mante religieuse, les yeux brillants, me repoussa d'un autre coup de tête vers le centre de la caverne.

Sa copine se déplaça rapidement pour coincer Martin. Elle plia ses pattes arrière et se prépara à l'attaquer, mais Martin recula et réussit à me rejoindre en haletant.

Soudain, j'entendis un grattement derrière moi. Puis des sons stridents et le bruit d'antennes qui s'entrechoquaient.

Je fis volte-face. Deux autres horribles monstres émergeaient des rochers à toute allure. Puis deux autres encore, léchant leurs mandibules en émettant des petites bulles jaunes qui leur claquaient à la figure.

Leurs langues grises s'agitaient comme des métronomes sur leur museau métallique. Leurs antennes cliquetaient comme des épées. C'était une attaque rangée !

Affolée, je me blottis contre Martin. Pourquoi ces mouchatouilles ne voulaient-elles pas nous laisser passer ?

Elles sautillaient et grattaient le sol tout autour de nous. Puis, d'un coup, elles se dressèrent toutes sur leurs pattes arrière, les yeux brillants, brandissant leurs petites pattes avant courtes et maigres.

Je poussai un cri de terreur.

– Nous sommes cernés, Martin !

13

Les mantes religieuses se mirent à cliqueter leurs antennes toutes ensemble. Clic ! Clac ! On pourrait dire qu'elles tricotaient des mailles invisibles…

Elles se frottaient les pattes avant, surexcitées, et fabriquaient bulle sur bulle. Un son strident, rythmé par les bulles qui explosaient, remplit bientôt la caverne, amplifié par l'écho.

Cliiiiic… Pang ! Pang ! Cliiicc…

Les monstres formaient un cercle autour de nous, s'appuyant uniquement sur leurs pattes de derrière. Ils s'approchaient, fouettant l'air de leurs langues grises et faisant éclater des bulles de plus en plus grosses.

– Elles ne sont plus contrôlées, s'exclama Martin, consterné.

– Que vont-elles nous faire ? murmurai-je en mettant mes mains sur mes oreilles.

Les sifflements étaient devenus insupportables, et les bulles continuaient de claquer. Avec l'écho, le crépitement était incessant. Bang bang bang bang... Une vraie mitraillette !

– Elles sont peut-être téléguidées par la voix, cria Martin.

Il renversa la tête en arrière.

– Arrêtez ! hurla-t-il. Arrêtez, les mantes !

Mais elles continuèrent à sautiller, à crépiter et à siffler. L'une d'elles pencha la tête et ouvrit grand sa bouche métallique. Une énorme boule jaune vint heurter Martin, qui recula d'un bond en se cachant les yeux avec le bras. Mais un de ses pieds resta coincé sous la masse ronde. Il tira en vain pour se libérer.

– Attention, Irène ! C'est de la colle, ce machin-là !

Une autre mante ouvrit la gueule et m'envoya aussi une grosse bulle, qui me toucha à l'épaule.

– Aïe ! criai-je.

C'était brûlant ! Pourtant, on était censé être chez les Mouchatouilles Froides, non ? Décidément, rien ne marchait !

Les monstres se mirent à gigoter dans tous les sens, balançant leurs langues et baissant la tête vers nous.

Exactement comme s'ils voulaient nous manger ! D'ailleurs, leurs gros yeux noirs brillaient d'une lueur vorace.

– Les pistolets claqueurs ! m'écriai-je en attrapant Martin par le bras. Et si on s'en servait ?

– Ce ne sont que des jouets !

Un énorme soleil faillit s'abattre sur Martin. Il recula juste à temps, tandis que le globe éclatait devant son pied en touchant le sol.

– En plus, nous les avons laissés dans le train, poursuivit-il, en regardant les horribles créatures. On ne pourra jamais arriver jusque-là !

Nous étions bel et bien coincés !

À cet instant, une idée me traversa l'esprit.

– Martin, comment se débarrasse-t-on des insectes, d'habitude ? On marche dessus, n'est-ce pas ?

– Mais, Irène… Tu as vu leur taille ? C'est eux qui pourraient nous marcher dessus !

– Ça vaut tout de même la peine d'essayer !

Je levai la jambe et marchai de toutes mes forces sur la patte de la mante religieuse la plus proche de moi.

La bête géante émit un sifflement aigu et sautilla en arrière. À côté de moi, Martin écrasa la patte d'un autre monstre. La créature tomba à la renverse. Levant la tête, elle poussa un cri de douleur, les yeux exorbités. Ses antennes se raidirent d'un coup.

Je tapai sur l'autre patte de celle que j'avais attaquée. Avec un gémissement étranglé, la grande mante tomba sur le flanc. Moins deux !

– Allons-nous-en ! criai-je.

Je pivotai et fonçai à travers le cercle des mouchatouilles, en distribuant des coups de pied sur leurs pattes dès qu'elles approchaient.

La caverne retentissait de sifflements, de chuintements, de cliquètements et de piétinements. Quel vacarme !

J'aperçus Martin qui me suivait en titubant.

Sans perdre un instant, je gagnai le train et me penchai par-dessus la balustrade pour attraper les pistolets en plastique.

Puis je longeai à toute allure le mur de la grotte.

Où aller ? Comment échapper à ces immondes bestioles ? Leurs cris devenaient de plus en plus forts, complètement frénétiques. Les ombres immenses des insectes géants dansaient sur le mur pendant que je courais…

Quelle frousse ! Je risquai un regard en arrière.

Martin me suivait à vitesse grand V.

Les mantes nous poursuivaient aussi. Elles sautillaient, grattaient la terre de leurs pattes, titubaient pour tenter de nous rattraper. Tout cela au milieu de bulles jaunes et collantes qui éclataient dans l'air comme des ballons.

À cet instant, j'aperçus une brèche étroite dans le mur.

Juste une petite fente… Sans plus réfléchir, j'y plongeai, me tortillant pour passer.

Et soudain, je me retrouvai de l'autre côté. J'étais entourée d'une sorte de brume… Le brouillard !

J'étais dehors ! Hourra !

Je regardai les arbres sur la colline, la route qui descendait vers les bâtiments blancs.

J'étais sauvée ! J'avais réussi à échapper à ces immondes bestioles ! Je me sentais si heureuse ! Et tellement en sécurité.

Je n'eus guère le temps de savourer mon bonheur.

Comme je reprenais mon souffle, j'entendis Martin pousser un cri de terreur.

– Irène ! Au secours ! Elles m'ont attrapé ! Elles sont en train de me dévorer !

14

Je fis volte-face, terriblement angoissée.

Je ne pouvais pas abandonner mon meilleur ami aux mandibules des mantes géantes !

Mais je restai un instant muette de surprise, je n'avais plus une seule goutte de salive dans la bouche. Je suffoquai littéralement de colère.

Car qui se tenait là, nonchalamment appuyé contre la falaise ?

Martin, bien sûr !

Et il souriait, le monstre !

– Poisson d'avril ! chuchota-t-il en m'adressant un clin d'œil.

Je hurlai de fureur, lâchai les deux pistolets et me jetai sur lui.

– Espèce de crétin ! Tu m'as fait peur !

Il s'esquiva sur le côté en riant.

– Ne t'amuse plus à me jouer des tours de ce genre ! m'écriai-je, haletante. Cet endroit est suffisamment effrayant. Ces gros insectes…

– Ouais, ils faisaient peur, reconnut-il en cessant de sourire. Ils avaient l'air plus vrais que nature. Comment crois-tu qu'ils les font baver ? Et les bulles jaunes ? Tu crois que ce sont des ballons ?

– Je l'ignore. En tout cas, elles étaient lourdes et elles brûlaient...

Je commençai sérieusement à m'interroger. Je savais que ça paraissait incroyable, mais j'avais la nette impression que toutes ces bestioles n'étaient pas des trucages.

Peut-être avais-je vu trop de films d'épouvante ?

Cependant, ces grosses mantes religieuses, les escargots géants et toutes les autres créatures semblaient tout à fait vivantes et réelles.

Elles ne se déplaçaient pas comme des robots.

Elles semblaient avoir des muscles, des poumons, et leurs yeux nous fixaient comme s'ils nous voyaient.

Si seulement j'avais parler de tout cela à Martin ! Mais je savais qu'il se moquerait de moi. Il était tellement certain que ce n'étaient que des robots, animés par des humains...

C'est sûr que cela semblait logique. Nous étions dans un studio de cinéma, après tout, et les attractions étaient faites pour nous impressionner. J'espérais que Martin avait raison ! Pourvu que tout cela ne soit que de la mécanique !

C'était possible, après tout, mon père était génial pour tout ce qui concernait les parcs à thème. Peut-être s'était-il surpassé, cette fois.

Mais mon impression surpassait toute logique. Quelque chose me disait que nous étions en danger. En véritable danger…

Soudain, je regrettai d'être la première à faire ce circuit. Bien sûr, c'était sensationnel de pouvoir être seuls dans ce train. Mais justement, c'était trop vide, trop effrayant. Il n'y avait que nous et les monstres, et le face-à-face commençait à me lasser.

Cela aurait été beaucoup plus drôle avec des centaines de gens, qui auraient crié et couru dans tous les sens…

En soupirant, je ramassai les pistolets en plastique et en tendit un à Martin. Il le glissa dans la poche revolver de son jean, comme s'il avait porté une arme toute sa vie.

– Hé, Irène, regarde où nous sommes ! s'écria-t-il en s'élançant droit devant lui.

Je m'empressai de le suivre. Je n'avais aucune envie de rester en arrière, avec ces créatures qui rôdaient ! De minces volutes de brouillard étaient suspendues dans l'air froid. La nuit allait bientôt tomber.

J'examinai prudemment les alentours.

Nous étions dans une ville… Un décor de ville, bien sûr. Il y avait des maisons à un ou deux étages, des petites boutiques, une épicerie de campagne et de grandes maisons, un peu à l'écart de la route.

– Tu crois qu'ils ont déjà utilisé ce décor pour un film ? demandai-je.

Martin se tourna vers moi, excité.

– Tu ne le reconnais pas ? Tu ne sais donc pas où nous sommes ?

Soudain, mon regard tomba sur le vieux manoir en ruine, à moitié caché derrière des arbres aux branches tordues. En face, j'aperçus la clôture de bois pourrie qui entourait le vieux cimetière. Incroyable ! Nous étions dans l'Impasse des Dents qui claquent !

– Génial ! m'exclamai-je en pivotant sur moi-même pour essayer de tout voir à la fois. C'est bien elle… C'est là qu'ils ont tourné tous les films !

– Je ne l'imaginais pas comme ça ! Elle a l'air encore plus effrayante qu'au cinéma.

Il avait raison. Des ombres étroites se dessinaient sur les bâtiments vides, et le vent, en s'engouffrant à l'angle de la rue, poussait des plaintes lugubres. Pourtant, cela ne nous arrêta pas, Martin et moi. On explora la rue, scrutant la vitrine poussiéreuse et sombre d'une boutique, puis courant de l'autre côté pour examiner la cour d'un vieux manoir en ruine.

– Regarde ce terrain vague ! dis-je. C'est là où Jack l'Estropieur venait traîner. Tu te rappelles ? Dans *Les Dents qui claquent N° III* ?

– Bien sûr que je m'en souviens, répliqua Martin d'un ton vexé.

Il s'aventura dans le terrain vague.

De hautes herbes se courbaient sous le vent, et des ombres mystérieuses passaient sur la clôture. Le vent mugissait toujours.

Je restai sur le trottoir et essayai de voir d'où venaient ces silhouettes noires. Est-ce que Jack l'Estropieur se cachait encore ici ? Le terrain était pourtant complètement vide. Alors pourquoi y avait-il ces grands reflets sombres sur la clôture, qui bougeaient de façon bizarre ?

– Reviens, Martin ! m'exclamai-je d'une voix suppliante. Il commence à faire nuit.

Il se retourna.

– Tu as peur, Irène ?

– Ce n'est qu'un terrain vague. Il n'y a rien. Reviens dans la rue.

– Attends ! Imagine les gens qui passaient par ici, en croyant qu'il n'y avait rien que de la terre et de l'herbe..., commença Martin d'une voix qui me donna des frissons. Soudain Jack l'Estropieur leur saute dessus.

Il éclata d'un rire sinistre.

– Martin ! Tu perds la tête ou quoi ? murmurai-je en tremblant de la tête aux pieds.

Il me rejoignit en faisant ses grimaces de singe. Très drôle !

– Si seulement j'avais un appareil-photo ! dit-il en me prenant la main pour traverser l'impasse. J'aurais vraiment aimé avoir une photo de moi devant le terrain de Jack. Ou même devant...

Son visage s'illumina et il ne termina pas sa phrase. Il lâcha ma main et se mit à courir à toute vitesse.

– Hé ! Attends-moi ! m'exclamai-je.

Quelques secondes plus tard, je compris où il se dirigeait. Au vieux cimetière !

Arrivé devant la vieille grille rouillée, il se retourna vers moi.

– Bon sang ! Ce que j'aimerais être pris en photo ici aussi ! Tu te rends compte ? C'est là qu'ils ont tourné *Le Cimetière des Dents qui claquent !*

– Nous n'avons pas d'appareil-photo, Martin. Allez viens !

Il ne répondit pas et tenta de pousser la grille, mais elle était coincée dans le sol. Il poussa plus fort, et finalement, le portail céda avec un gémissement douloureux.

– Partons, Martin ! Il est tard. Mon père doit se demander où nous sommes passés.

– Mais ça fait partie du circuit !

Il poussa encore la grille, jusqu'à ce qu'il ait assez de place pour se glisser dans le cimetière.

– Martin, n'y va pas, je t'en prie !

– Écoute, Irène, ce n'est qu'un décor de film. Tu n'es pas aussi peureuse, d'habitude.

– J'ai un… une sorte de pressentiment, balbutiai-je. Cet endroit ne me dit rien.

– Ça fait partie du circuit, je t'assure !

Mais le portail était fermé ! Pour que les gens n'entrent pas, justement.

Je scrutai l'intérieur du cimetière. Les pierres tombales étaient penchées vers le sol, pareilles à de vieilles dents ébréchées. Je réprimai un frisson.

– Je t'en prie, Martin !

Pour toute réponse, il poussa le portail jusqu'à l'ouvrir complètement, et pénétra d'un pas assuré dans le cimetière.

– Non ! Reviens !

J'agrippai la grille à deux mains et le regardai s'avancer entre les tombes.

Il n'avait pas fait trois pas qu'il leva brusquement les bras et disparut dans le sol.

15

Je scrutai l'obscurité le cœur battant. Il n'avait pas pu s'évanouir comme ça, tout de même ! Le cœur battant la chamade, je tentai de distinguer quelque chose dans l'obscurité.

Le vent mugissait entre les pierres tombales à moitié défoncées.

– Martin ? appelai-je, terrifiée. Martin ?

Je m'agrippai tellement à la clôture que j'en avais mal aux mains. Je n'avais plus le choix. Il fallait que j'entre dans le cimetière pour voir ce qui lui était arrivé.

M'armant de courage, je me forçai à franchir la grille. L'herbe qui recouvrait le sol formait un tapis moelleux dans lequel mes pas s'enfonçaient.

Soudain, je m'immobilisai en entendant la voix de Martin.

– Hé ! Fais attention où tu marches ! C'est un vrai gruyère, ici.

Je regardai autour de moi, médusée.

– Où es-tu ? lui demandai-je.

– Là ! En bas !

Je baissai les yeux et aperçus alors un grand trou, très profond. En fait, c'était une tombe béante ! Martin se tenait dedans, la tête levée vers moi. Il avait de la terre sur les joues et sur le devant de son T-shirt.

– Aide-moi à sortir de là ! ordonna-t-il en me tendant les mains.

J'éclatai de rire. C'était plus fort que moi. Il avait tellement l'air ridicule, debout dans ce trou. Tout crotté !

– Ce n'est pas drôle ! Aide-moi, Irène ! répéta-t-il, impatient.

– Je t'avais averti, Martin. J'avais un mauvais pressentiment !

– Ça sent mauvais, ici, gémit-il. Dépêche-toi…

Je me penchai vers lui, un grand sourire aux lèvres.

– Mauvais comment ?

– Comme de la terre pourrie ! Tu vas m'aider, à la fin ?

– D'accord, d'accord !

Je lui pris les mains et le hissai vers moi. En trois secondes, il parvint à sortir.

– Ça, c'était du tonnerre, murmura-t-il en brossant frénétiquement ses vêtements. Maintenant, je vais pouvoir dire que j'étais dans une tombe du *Cimetière des Dents qui claquent !*

À peine eut-il terminé sa phrase que le vent mugit de nouveau, comme un avertissement. J'en tremblais comme une feuille.

– Je t'en prie, Martin, sortons d'ici !

Quelque chose de gris passa en flottant dans l'air. Un nuage de brouillard ? Une chauve-souris ?

– Regarde un peu ces tombes, s'exclama Martin. Elles sont toutes fendues et défraîchies. J'arrive à peine à lire les noms marqués dessus. C'est bien fait, non ? Ils ont même mis des toiles d'araignée dans cette rangée-là ! Génial !

– On y va, Martin ? suppliai-je. Papa doit s'inquiéter. Peut-être que le train est reparti et qu'on arrivera à le rattraper.

Il ne répondit pas et se pencha sur une stèle pour lire les mots qui y étaient gravés.

– Show Cot... 1840-1887. Ah ah ! Chocottes ! Astucieux, non ? Et celui-là... Paul Tron. Génial !

Il s'avança vers une autre tombe.

– Ah ! Ah ! Écoute ça : Tall Lejton !

C'est vrai que c'était drôle, tous ces jeux de mots ! Mais je cessai de rire en entendant un bruit au fond du cimetière. Un autre petit nuage passa à toute allure derrière une dalle verticale.

Y avait-il quelqu'un dans cet endroit ? Je retins mon souffle et tendis l'oreille. Le vent sifflait, effleurant les herbes hautes.

Puis j'entendis de nouveau un petit cri perçant. On aurait dit un miaulement. Le cimetière était-il rempli de chats ? Ou était-ce une plainte d'enfant ?

Martin avait entendu aussi. Il descendit l'allée en courant, jusqu'à ce qu'il arrive à ma hauteur. Ses yeux brillaient de joie.

– Tu entends les effets sonores ? Il doit y avoir un haut-parleur caché dans le sol.

Encore un gémissement. Cette fois, c'était bien une voix humaine. Celle d'une petite fille, peut-être ? Je frémis d'appréhension.

– Martin, je crois vraiment qu'il faut aller retrouver mon père. Nous sommes restés ici tout l'après-midi et il risque de...

– Mais nous n'avons pas fini le circuit ! Il nous reste sûrement plein d'attractions à voir ! S'il te plaît, Irène !

Un autre cri retentit. Plus fort, plus près... Un véritable hurlement de terreur !

J'essayai de ne pas y prêter attention. Martin avait sans doute raison. Tout cela devait provenir d'un haut-parleur.

N'empêche que... Je n'avais aucune envie de moisir ici.

– On ne verra plus rien, m'exclamai-je, puisque nous sommes descendus du train. OHH !

Je m'étais mise à hurler en voyant une main sortant du sol devant nous. Une main verte, aux longs doigts crochus, qui tentait de nous attraper... Martin cria lui aussi, et recula d'un pas.

Une autre main émergea de la terre, puis une autre, et encore une. Elles sortaient des tombes, de l'herbe, tout autour de nous ! C'était terrifiant de les voir tâtonner et agiter leurs doigts aux ongles rouges... Brusquement, Martin éclata de rire.

– Super ! Exactement comme dans un film ! s'exclama-t-il, sans voir une main jaillir à ses pieds et s'entortiller autour de son mollet.

Son rire mourut dans sa gorge.

– Irène ! Au secours !

Je m'élançai, mais trop tard. Deux mains vertes m'avaient saisie par les chevilles et me tiraient moi aussi vers une tombe…

16

– Viens avec nous ouh ouh ouh, gémit une voix douce et plaintive. Viens viens avec nouououous !

– Non ! hurlai-je.

Je battis l'air de mes bras, essayant de me débarrasser des mains qui m'emprisonnaient les chevilles comme dans un étau. Pas moyen ! Je me balançai frénétiquement d'avant en arrière, prenant garde, dans mon effort, de ne pas tomber. Sinon, les mains vertes prendraient les miennes, et c'en serait fait de moi...

– Donne-moi la mainainainainain. Dooooonnnneee-moiaaahhh laaa maainainainain.

On aurait dit un vieux disque rayé, mais ce n'était pas une plaisanterie ! Elles avaient tout à fait l'air humaines. Elles étaient vraiment en train de m'attirer sous terre.

– Au secours ! répéta Martin.

Il tomba à genoux sur l'herbe. Deux mains vertes enserraient ses chevilles, et deux autres attrapèrent ses poignets.

– Donne-moi la mainainainainain. Doooonnnne-moi laaa mainainainainain, répéta la voix plaintive et lancinante.

– Non ! criai-je en me débattant avec l'énergie du désespoir.

À ma grande surprise, les mains lâchèrent un de mes pieds. En fait, j'avais perdu ma basket droite à force de me débattre… Par contre, une main verte tenait toujours ma basket gauche.

Sans hésiter, je me baissai, libérai mon pied gauche et me débarrassai rapidement de mes socquettes. Ce serait plus facile de courir pieds nus. J'abandonnai volontiers mes baskets…

Je courus vite vers Martin, déjà étendu sur le ventre. Les mains vertes se cramponnaient à ses chevilles et à ses poignets, et il se tortillait dans tous les sens pour se dégager.

– Irène ! Au secours !

Je m'agenouillai près de lui et lui ôtai ses baskets. Les mains vertes restaient agrippées aux chaussures, comme pour moi ! Cependant elles serraient toujours solidement les poignets de Martin.

Je tentai de les repousser. Elles me donnèrent une tape. Pas une petite tape pour rire. Une grande claque furieuse qui me fit grimacer de douleur.

Au moins, pendant ce temps, Martin put dégager un de ses bras. Je desserrai les doigts qui tenaient encore son autre poignet. Gagné ! La main essaya bien de me taper, mais j'avais prévu le coup et je m'esquivai à temps.

Martin roula sur le côté et se mit debout, haletant. Il avait les yeux exorbités.

– Enlève tes chaussettes ! m'écriai-je, pantelante. Vite ! Dépêche-toi !

Il m'obéit en tremblant, tandis que les mains vertes tendaient de nouveau vers nous leurs doigts avides. Des douzaines de bras sortaient de terre. Il y en avait partout. Au milieu des tombes, dans l'herbe… Il y en avait des centaines !

– Viens avec nous ouh ouh ! Dooooonnnne-moiaaa laaa mainainainain, gémissaient les voix macabres.

Nous restions figés, comme hypnotisés. J'avais l'impression que mes jambes étaient de plomb.

– Ouin ! Ouin ! Ouin !

Soudain, une tête sortit de terre, puis une autre, et encore une autre ! Des têtes vertes, sans yeux et sans dents ! Mais avec de grands cheveux bleu électrique, apparemment tout poisseux. Beurk !

Puis je vis des épaules, des torses apparurent… D'autres têtes sortaient toujours d'un peu partout. Et avec elles, des corps, comme poussés hors de la terre.

– Ouin ! Ouin ! Ouin !

Les monstres pleurnichaient comme des bébés, avec leurs bouches édentées.

Des corps verts, tachés de jaune, se dégageaient peu à peu du sol. Ils nous tendaient les bras en inclinant la tête de côté.

– Ouin ! Ouin ! Ouin ! Ne nous laissez pas…

– Martin ! balbutiai-je. Ils viennent nous chercher !

17

Le cimetière résonnait de grognements, de plaintes, de cris... Les horribles créatures continuaient à sortir des tombes, leurs vêtements en lambeaux agités par le vent.

Je me mis à courir, et Martin me suivit. Il n'y avait pas une seconde à perdre !

Côte à côte, nous foncions entre les rangées de stèles en ruine. Mon cœur battait à se rompre. Mes pieds nus s'enfonçaient dans la terre froide, glissaient sur l'herbe humide. Quel cauchemar !

Martin atteignit le portail en premier. Il courait tellement vite qu'il en heurta les barreaux. Bong !

Il poussa un cri de douleur, avant de reculer et de se glisser d'un bond hors du cimetière.

Je haletais.

Les gémissements et les appels lugubres des êtres verts nous suivaient. Je ne me retournai pas. Je me précipitai vers le portail et me glissai à mon tour dans la rue. Puis je refermai la grille pour empêcher les morts vivants de sortir, et courus dans l'Impasse des Dents qui claquent.

Je ne m'arrêtai qu'au milieu de la rue pour reprendre ma respiration, penchée en avant, les mains sur les genoux. J'avais un point de côté !

– Cours, Irène ! m'encouragea Martin.

Je pris une profonde inspiration avant de repartir.

Nos pieds claquaient sur le macadam.

– Martin ! Comment se fait-il qu'il n'y ait personne pour nous porter secours ?

Il aurait dû y avoir des gens, non ? Nous étions dans un grand studio de cinéma après tout. Où étaient les techniciens qui travaillaient pour les films des Dents qui claquent ? Ceux qui s'occupaient des attractions ? Il n'y avait pas âme qui vive !

Du coin de l'œil, je reconnus la Quincaillerie de l'Épouvante, sur notre droite, et le Magasin des Zinzins Électroniques, à gauche. Exactement comme dans les films…

– Les robots ne sont plus contrôlés, à mon avis ! répliqua Martin. Ce n'était sûrement pas prévu.

Enfin ! Il reconnaissait la vérité !

– Il faut retrouver ton père, ajouta-t-il en traversant la rue pour gagner un pâté de maisons, plongé dans l'ombre.

– À condition de pouvoir rattraper le train, répliquai-je, hors d'haleine. Aïe !

J'avais marché sur quelque chose de dur. Un caillou, sans doute. Je boitillai, mais ne cessai pas de courir pour autant.

– Lui seul peut nous ramener à papa, poursuivis-je.

– Il doit pourtant y avoir un moyen de sortir de cette impasse ! Ce n'est qu'un décor de cinéma.

Nous avions dépassé un grand manoir avec deux tourelles à moitié écroulées. On aurait dit un château hanté. Étrange ! Je ne me souvenais pas l'avoir vu dans un des films des Dents qui claquent.

Derrière le manoir, il y avait un terrain vague. Et au fond se dressait un mur de briques assez bas. Il ne mesurait guère plus de trente centimètres de plus que moi.

– Passons par là ! m'écriai-je. Si nous arrivons à grimper sur ce mur, nous verrons sans doute la route du Studio.

C'était une simple intuition, mais ça valait la peine d'essayer.

Nous nous élançâmes dans le terrain vague.

Bizarrement, la terre devenait de plus en plus molle sous nos pas. Au bout de quelques instants, je m'y enfonçai tellement qu'il fallut que je lève les genoux bien haut pour continuer à avancer.

J'avais de la boue jusqu'aux chevilles.

Nous étions presque arrivés au mur de briques quand nous nous enfonçâmes dans un trou. Ou plutôt, le sol se déroba sous notre poids avec un énorme bruit de succion.

J'essayai de me rattraper à quelque chose, mais je ne rencontrai que le vide. J'avais de la boue partout. Sur les pieds, sur les genoux.

Et je m'enfonçai toujours ! J'essayai de crier, mais aucun son ne sortait de ma gorge. J'avais tellement peur.

À côté de moi, Martin agitait les bras dans tous les sens et se tortillait comme un ver. Lui aussi s'enfonçait rapidement. Il avait déjà de la boue jusqu'à la taille…

Je donnai des coups de pied pour me libérer de cette horrible gadoue. Peine perdue ! Au fur et à mesure que mes bras frappaient la surface gluante, la boue faisait des bulles sur ma nuque. Dans quelques instants, j'allais disparaître à jamais !

18

La boue m'arrivait au menton. Dans une seconde, j'en aurais par-dessus la tête ! J'émis un sanglot de désespoir. Je commençai à avoir de la terre dans la bouche !

Soudain, je sentis quelque chose m'attraper le bras. Des mains puissantes se glissèrent sous mes aisselles et me soulevèrent.

On me remontait à la surface !

La personne qui me tirait hors du trou était vraiment très forte.

La vase fit un gros PLOP ! quand j'en émergeai.

Enfin je me retrouvai sur la terre ferme !

– Martin ! m'écriai-je, après m'être essuyé la bouche. Où es-tu ?

– À côté de toi ! répliqua-t-il d'une voix rauque.

Les mains me lâchèrent. Je vacillai un instant avant de me tourner pour voir qui m'avait sauvée. Là, je tressaillis violemment.

Ces yeux de braise, ces mains griffues, couvertes de fourrure noire… C'était la Loupiote ! La fille-loup ! Médusée, j'examinai son museau long et brun, fendu d'un large sourire. Ses oreilles pointues dépassaient d'une épaisse touffe de poils noirs, très frisés.

Ce soir-là, la Loupiote, très coquette, portait une combinaison-pantalon en lamé argent, très moulante.

Comme je continuai de la dévisager avec stupeur, elle ouvrit la bouche et émit un hurlement guttural. Soudain, je me souvins. La Loupiote ne sortait jamais sans son compagnon, le Loupiot.

Effectivement, le garçon-loup se tenait près de nous. C'était même lui qui avait tiré Martin du trou.

– Vous nous avez sauvés ! m'exclamai-je. Merci, les P'tits Loups ! Nous avons perdu le train. Il faut absolument que nous le retrouvions… Vous savez, celui qui fait le tour des studios.

À ces mots, la Loupiote montra des canines acérées.

Un doute me traversa l'esprit.

Et si le circuit s'achevait ici, justement ? Les P'tits Loups étaient réputés pour leurs dents redoutables. Et elles claquaient fort bien.

Dans ce cas, cela expliquait qu'ils nous aient tirés de la boue. La visite se terminait sur cette attraction…

Je m'enhardis.

– S'il vous plaît ! Pouvez-vous nous aider à retrouver le petit train ? Ou alors, ramenez-nous au bâtiment principal. Mon père nous attend là-bas.

Un éclat étrange passa dans les yeux rouges de la Loupiote, et elle grogna de nouveau.

– On sait que vous n'êtes que des comédiens ! déclara Martin d'une voix stridente. Mais on ne veut plus avoir peur. On a été assez effrayés pour aujourd'hui. D'accord ?

Pour toute réponse, les deux créatures grondèrent entre leurs dents. Un long filet de bave coula le long des lèvres noires du Loupiot.

Qu'est-ce que ça signifiait ?

– Arrêtez ! Je vous en prie ! Martin a raison, on a eu notre dose. Alors aidez-nous ! S'il vous plaît !

Pour toute réponse, la Loupiote claqua des mâchoires et se lécha les babines avec sa grande langue rose, l'air affamé.

– Ça suffit ! repris-je. Arrêtez ! On ne veut plus jouer !

J'étais tellement furieuse que je me jetai sur la Loupiote pour lui arracher son masque. J'attrapai la fourrure de chaque côté de sa tête et tirai de toutes mes forces. Je tirai et tirai… En vain.

La fourrure était chaude. Vivante ? Ce n'était pas un masque !

Ce n'était pas un masque !

19

Je reculai vivement.

– Ça ne va pas la tête ? hurla la Loupiote en retroussant ses babines.

Je regardai sa langue rose et ses crocs pointus, et m'éloignai prudemment jusqu'au mur de briques.

– Martin… Ce n'est pas un masque !

– Un masque ? répliqua la Loupiote, vexée.

Martin demeurait figé devant le Loupiot.

– Ce ne sont pas des acteurs, chuchotai-je en me penchant vers lui. Ni des robots. J'ai peur !

Martin, bouche bée, recula d'un pas.

À cet instant, le Loupiot lui tira la langue.

– Froussard ! On a peur du grand méchant loup, à présent ?

Il y avait de quoi ! Il fallait voir leurs grandes dents pointues et leurs yeux brillants…

– Tu me crois, maintenant ? soufflai-je à Martin.

Il avait les yeux exorbités de surprise. Je le vis lever la main pour toucher la figure du Loupiot, mais heureusement, il se ravisa. Le Loupiot montrait les dents méchamment. Et comme la Loupiote ne semblait pas contente non plus, je pris Martin par le bras.

– Filons ! murmurai-je. Il faut grimper sur le mur. Ils ne pourront pas nous attraper, là-haut.

Martin ne se le fit pas dire deux fois. Les bras levés, il bondit et s'accrocha au sommet du mur. Mais il ne tint pas longtemps. Quelques secondes plus tard, il glissait à terre. Il fit une nouvelle tentative et cette fois resta accroché une demi-seconde.

– Je n'y arrive pas ! gémit-il. C'est trop haut !

– Essaye encore ! Il faut qu'on s'en aille d'ici !

Je me retournai. Les deux loups-garous étaient prêts à bondir. Ils se léchaient les babines, l'air gourmand.

– Grimpe ! ordonnai-je.

Martin sauta. Cette fois, je lui soutins les pieds et le poussai dès qu'il agrippa le mur. Il parvint à se hisser. À genoux, il me tendit la main. Je la saisis et grimpai à mon tour. Mais je n'arrivai pas à monter les jambes assez haut pour me rétablir.

– C'est trop dur ! gémis-je.

Les loups grognèrent derrière moi.

– Fais un effort, bon sang !

Martin avait beau me tirer de toutes ses forces, j'avais encore les pieds qui pendaient dans le vide.

À cet instant, les loups s'élancèrent.

20

– Hi ! Hi ! Hi !

Les langues des loups-garous me chatouillaient la plante des pieds. C'était insoutenable !

Je gigotais, suspendue à la main de Martin, qui commençait à fatiguer.

– Hi ! Hi ! Hi ! Arrêtez, par pitié !

J'avais beau supplier, ils continuaient à me lécher.

– Irène ! Grimpe ! me pressa Martin.

Finalement, je donnai un grand coup de reins et me retrouvai près de lui, sur le mur.

– Ouf ! Il était temps ! déclara-t-il.

Mais les deux loups-garous ne semblaient pas apprécier. Ils allaient et venaient au pied du mur en grognant tous crocs dehors. Allaient-ils nous attaquer ? Pourquoi ne parlaient-ils plus, comme tout à l'heure ?

Soudain, une idée me vint à l'esprit.

On avait encore un pistolet claqueur, avec ses rayons paralysants ! Pas le mien puisque je l'avais perdu dans le trou, mais celui de Martin, qui dépassait de sa poche revolver. Voilà enfin de quoi nous défendre ! Du moins je le pensais. J'empoignai la crosse et tirai le claqueur vers moi.

– Hé ! protesta-t-il. Que fais-tu ?

– Je vais essayer de claquer les P'tits Loups.

– Avec ça ? Mais ce n'est qu'un jouet !

Je m'en moquais. Cela valait la peine d'essayer. Peut-être que cela les effraierait ? Peut-être qu'ils finiraient par s'en aller en nous voyant armés ?

Je mis en joue et visai.

– Un, deux, trois... FEU !

J'appuyai sur la détente...

21

Le pistolet vibra dans ma main et émit un rayon de lumière jaune.

« Ça marche ! me dis-je, exaltée. Les rayons vont les changer en statues ! » Après tout, c'était un pistolet paralysant, non ? Les monstres allaient être pétrifiés, et Martin et moi pourrions nous échapper.

Mais les P'tits Loups ne semblèrent même pas surpris ! Ils bondirent plus haut et parvinrent à me lécher les mollets.

Effrayée, je lâchai le pistolet, qui heurta les briques du mur avant de tomber sur le sol avec un bruit mou. Ce n'était qu'un jouet ! Martin avait raison…

– Attention ! cria ce dernier, tandis que les sales bêtes bondissaient un peu plus haut vers nous. Ils sont carnivores. Ils veulent nous manger !

En effet, le Loupiot et la Loupiote griffaient les briques sauvagement. Leurs haleines brûlantes me chauffaient les mollets.

Soudain, je poussai un cri. Je perdais l'équilibre !

Mes pieds glissaient, mes bras battirent l'air… Patatras !

Je tombai sur le dos, de l'autre côté du mur. Martin me rejoignit aussitôt.

Les deux carnassiers s'étaient hissés au sommet du mur, à présent. Ils nous regardaient méchamment. Leurs yeux de braise rougeoyaient. Haletants, la langue pendante, ils se préparaient à attaquer…

« Il y a peut-être encore un moyen, me dis-je. Je peux essayer de les ramener à la raison… »

– Écoutez, les P'tits Loups, déclarai-je d'une voix tremblante. Vous avez l'air très méchants, comme dans les films. Vous avez de grandes dents, et de grandes oreilles, et…

Martin me tira par les bras pour me remettre debout.

– Cours ! ordonna-t-il. Ils ne t'entendent même pas !

En effet, les deux loups-garous grondaient sur le mur. Ils paraissaient se moquer de mon discours.

Ce n'était pas le moment de jouer au Petit Chaperon rouge !

Je fermai un instant les yeux, paniquée.

– On n'arrivera jamais à les semer ! Dans les films, ils courent plus vite que tout le monde…

J'avais à peine fini ma phrase que j'entendis un roulement, au loin. Un bruit mécanique et régulier. Martin et moi, nous nous sommes retournés comme un seul homme.

Une paire d'yeux jaunes brillaient dans la nuit. « Oh ! Non ! gémis-je ? Une autre créature fonce sur nous ! » Cependant, comme elle s'approchait, je distinguai sa forme, longue, annelée, métallique… Le petit train !

Il s'élançait sur la route, qu'il éclairait de ses phares jaunes. Et il s'approchait rapidement…

Nous étions sauvés !

Je courus jusqu'à la route, Martin sur mes talons. Le train roulait vite, mais il fallait qu'on le rattrape. Il le fallait absolument !

Derrière nous, les grognements des loups devenaient féroces. De vraies bêtes sauvages ! S'ils nous rattrapaient maintenant, ils ne se contenteraient plus de nous lécher les mollets, j'en étais convaincue !

Comme s'ils m'entendaient, Loupiot et Loupiote sautèrent du mur.

– Nous allons te manger, mon enfant ! gronda le Loupiot en s'élançant à ma poursuite.

– Miam ! Miam ! Manger ! renchérit la Loupiote en bondissant en direction de Martin.

À cet instant, les phares du train balayèrent la route devant nous. Martin me dépassa, tête baissée.

Dans quelques secondes, nous pourrions sauter dans le train. Plus que trois mètres… deux…

Je regardai le train prendre un tournant. Ses phares éclairaient toute la largeur de la route, maintenant.

Les yeux rivés sur la première voiture, je pris une profonde inspiration et me préparai à sauter.

Soudain, Martin roula sur le sol devant moi. Comme au ralenti, je le vis lever les bras, l'air stupéfait, puis grimacer d'horreur. Emportée par mon élan, je tombai lourdement sur lui.

Et le train passa devant nous à toute allure.

22

– Ouh ouh ouh ouh… Nous allons vous manger !

Les deux loups-garous hurlaient de triomphe derrière nous.

Le cœur battant, je me remis debout.

– Lève-toi ! ordonnai-je à Martin en le tirant par les bras.

Nous nous élançâmes derrière le train, haletants. La dernière voiture était à quelques mètres devant nous. Avec un peu de chance, nous pouvions la rattraper. Je l'atteignis la première. De ma main droite, j'agrippai une barre et réussis à me hisser à bord. Je m'affalai sur un siège.

Pantelante, je me tournai vers Martin. Il courait toujours ! Il avait beau tendre les mains, il ne parvenait pas à saisir le montant du wagonnet.

– Je… je n'y arrive pas ! lança-t-il d'une voix entrecoupée.

– Essaye encore, Martin ! Il le faut ! Allez, plus vite !

Les monstres galopaient toujours, de plus en plus près. Leurs oreilles se rabattaient sur leurs crânes et leurs yeux brillaient. Je ne donnais pas cher de Martin, s'ils le rejoignaient !

Heureusement, il accéléra et attrapa enfin la barre arrière du train. Il se laissa tirer sur plusieurs mètres, puis je parvins à l'aider à grimper à côté de moi.

« Enfin sauvés ! » songeai-je, soulagée.

Nous avions semé les loups-garous !

À moins que…

Ils n'avaient tout de même pas sauté dans le train, eux aussi ?

Je fis volte-face en tremblant. Ouf ! Les P'tits Loups rétrécissaient au fur et à mesure que le train avançait. Ils coururent encore un moment, puis s'immobilisèrent au milieu de la route et s'accroupirent sur leur arrière-train.

L'air dépité, ils nous regardaient nous enfuir.

Je souris à Martin et je lui frappai dans la main à la façon des rappeurs. Nous avions tous les deux le souffle court et nous étions couverts de boue de la tête aux pieds. Mais nous étions enfin revenus dans le circuit !

Je poussai un profond soupir de soulagement.

J'avais mal aux jambes et les pieds meurtris à force de courir. Mon cœur battait encore à tout rompre dans ma poitrine. Quel soulagement d'échapper à ces horribles monstres !

Nous étions en sécurité, désormais, dans le petit train. Nous allions rentrer chez nous.

– Il faudra dire à ton père que l'Impasse est complètement détraquée, déclara Martin. Rien ne fonctionne comme il faut.

– Oui. Tu as raison.

– Ces loups-garous ne plaisantaient pas, poursuivit Martin. Ils étaient vrais, Irène. Ce n'était pas des comédiens ! Tu crois qu'ils ont mangé les robots ?

– Ce ne serait pas impossible…

J'étais contente que Martin soit enfin d'accord avec moi. Nous savions tous les deux que nous avions traversé des dangers bien réels, avec de véritables monstres.

Quelque chose de terrible se passait aux Studios des Dents qui claquent. Papa nous avait dit qu'il attendait un rapport complet. Eh bien, il allait être servi !

J'essayai de retrouver mon calme.

Soudain, je me rendis compte que nous n'étions pas seuls.

– Regarde, Martin ! m'exclamai-je en désignant l'avant du train. Il y a plein de gens !

En fait, toutes les voitures semblaient pleines.

– Que se passe-t-il ? murmura Martin. Ton père avait pourtant dit que nous étions les seuls sur le circuit. Et…

Martin ne termina pas sa phrase.

Les passagers du train s'étaient retournés d'un seul coup. Mais ce n'étaient pas des voyageurs ordinaires… Ces crânes gris, ces orbites vides et ces mâchoires souriantes…

C'était un convoi de squelettes !

Ils se mirent à rire. Puis ils levèrent leurs mains décharnées pour pointer leurs index vers nous. Leurs os cliquetaient, leurs crânes rebondissaient avec les secousses du train qui fonçait dans l'obscurité. C'était terrifiant !

Je saisis Martin par le bras, les yeux toujours rivés sur les squelettes.

Pourquoi nous montraient-ils du doigt en riant ?

Comment étaient-ils montés dans ce train ?

Et où nous emmenaient-ils ?

23

Les squelettes riaient toujours tandis que leurs os s'entrechoquaient. Quel spectacle macabre ! Je me forçai à détourner les yeux de ces visages grimaçants pour scruter les alentours. Au-delà des arbres, j'apercevais les immeubles des studios. Mais ils paraissaient de plus en plus petits.

Bientôt ils s'évanouirent dans les ténèbres de la nuit.

– Martin ! murmurai-je. Nous allons dans le mauvais sens. Nous nous éloignons de notre point de départ !

Il parut complètement paniqué.

– Qu'allons-nous faire ? demanda-t-il d'une voix étranglée.

– Il faut sauter. Je ne vois pas d'autre moyen.

Martin s'était glissé très bas sur son siège, comme s'il voulait se cacher. À mes paroles, il leva la tête et jeta un coup d'œil furtif sur sa droite.

– Sauter ? Impossible, Irène ! Nous allons beaucoup trop vite !

Il avait raison.

Nous filions à toute allure, et le train continuait à accélérer. Les arbres et les buissons, sur les côtés, n'étaient plus que des taches indistinctes.

Soudain, le train freina dans un crissement de pneus.

Un château se dressait devant nous, tout illuminé par des projecteurs. Des tours, de chaque côté de la façade, s'enfonçaient dans le ciel.

Voilà donc où menait la fameuse Impasse des Dents qui claquent ! Un solide mur s'élevait devant nous.

Le train bondit en avant, comme un cheval qui sent l'écurie. La forteresse se rapprochait…

Les squelettes, dont les os se heurtaient bruyamment, avaient un rire sec qui nous écorchait les oreilles. Ils sautaient d'excitation tandis que nous foncions vers le mur.

Plus qu'une vingtaine de mètres. Plus qu'une dizaine… Le mur paraissait encore plus haut, vu de si près.

Nous allions nous y écraser !

24

Malgré mes jambes tremblantes, je parvins à me redresser. Là, je pris une profonde inspiration, fermai les yeux… et sautai. Je heurtai la route et roulai jusqu'à ce qu'un arbre m'arrête.

Martin hésitait toujours.

– Vas-y ! hurlai-je.

À cet instant, le train eut une secousse, et Martin plongea.

Il atterrit sur le ventre.

Je me tournai vers le château, juste à temps pour voir les voitures noires se fondre dans le mur de pierre.

Sans un bruit… Comme ça, plouf…

Les projecteurs diminuèrent d'intensité, comme s'il n'y avait plus rien à éclairer. Et ce fut le silence.

– Tu vas bien, Irène ? demanda Martin d'une voix faible.

Je me tournai et le vis à quatre pattes de l'autre côté de la route. Je me remis debout. Je m'étais écorchée le côté droit, mais cela ne faisait pas trop mal.

– Oui, ça va. Tu as vu comment le train est passé ?

– Je n'arrive pas à y croire, répliqua Martin en se levant lentement. Comment a-t-il fait ? C'était peut-être une illusion d'optique ? Le château n'existe peut-être pas, après tout. Pas plus que le mur.

– Ça, c'est facile à vérifier !

Je m'élançai sur la route. Le macadam était froid sous mes pieds nus...

– Il faut vraiment qu'on retrouve mon père. Je suis sûre qu'il nous expliquera tout.

– Je l'espère.

Parvenue au rempart entourant la forteresse, je tendis les mains. J'allais peut-être traverser la paroi, tout comme les wagonnets... Mais non. Je me heurtai à des pierres très solides.

Martin, incrédule, donna un coup d'épaule contre le mur.

– Pour être réel, il l'est, déclara-t-il en frottant son épaule endolorie. Tu y comprends quelque chose, toi ?

– Ça devait être un train fantôme ! D'ailleurs, il était rempli de squelettes...

– Mais nous y étions aussi, et nous ne sommes ni des fantômes ni des squelettes !

Je frappai le mur et me retournai.

– J'en ai assez, de tous ces mystères ! J'en ai assez d'avoir peur ! Je ne veux plus voir de loups-garous, ni de crapauds, ni de mantes. Je ne regarderai plus un seul film d'horreur de toute ma vie !

– Ton père nous donnera la clé de l'énigme.

– Je ne veux plus rien savoir ! Je veux m'en aller d'ici !

Je m'élançai sur la route longeant le château. Martin m'emboîta le pas.

La nuit semblait remplie d'étranges mugissements, de gloussements effrayés, de sifflements doucereux.

Je me bouchai les oreilles. Que m'importait si c'étaient des vrais ou des faux monstres ?

Je ne voulais plus penser aux créatures redoutables que nous avions rencontrées, ni aux périls que nous avions traversés. Je ne voulais plus penser à rien !

Derrière la forteresse, le chemin tournait en méandres sur la colline.

– J'espère que nous allons dans la bonne direction, cette fois, murmurai-je, en retirant les mains de mes oreilles.

– Moi aussi, répliqua Martin d'une petite voix.

Nous avions accéléré l'allure, en marchant bien au milieu de la route, pour avoir moins peur, mais nos pieds nus nous faisaient mal.

Nous essayions de ne plus prêter attention aux cris aigus des animaux tapis dans les fourrés. Ce n'était pas facile… Comme nous arrivions au sommet de la colline, j'aperçus enfin les immeubles bas, désormais familiers.

– Martin ! m'exclamai-je. Regarde ! Nous ne devons pas être loin de notre point de départ.

Je commençai à courir vers les bâtiments, Martin sur les talons, quand je me rendis compte où nous étions. C'était inimaginable !

Tout bonnement inouï ! Nous étions revenus dans l'Impasse des Dents qui claquent.

Nous avions tourné en rond !

Nous étions de nouveau dans le cimetière, avec sa clôture branlante et les mains vertes prêtes à émerger de terre pour nous tirer vers les tombes…

Je frissonnai de tout mon corps.

Je ne voulais pas revenir ici ! Je ne voulais plus revoir cette rue de toute ma vie ! Elle était bien trop terrifiante.

Et pourtant, je ne pouvais pas me détourner du cimetière. J'étais comme hypnotisée.

Soudain, je vis quelque chose bouger.

Un petit nuage gris, comme un voile, s'éleva entre deux vieilles pierres tombales et flotta silencieusement dans l'air.

Puis un autre petit nuage gris apparut à son tour. Et un autre encore.

Je jetai un coup d'œil à Martin. Il se tenait à côté de moi, les mains à la taille, et fixait lui aussi le cimetière. Difficile de faire autrement. Les nuages montaient silencieusement dans l'air, comme des signaux de fumée. Il y en avait des douzaines, dispersés au-dessus des tombes, et jusque dans la rue.

Il y en avait même au-dessus de nous. Ils planaient vraiment très bas…

Et puis, ils se mirent à grossir, à se gonfler, comme des ballons gris.

Des visages se dessinaient dans leurs contours. Des visages sombres…

Ils nous regardaient en fronçant les sourcils. Ils étaient vieux, ridés et tout chiffonnés. Leurs yeux ressemblaient à des fentes noires.

Je regardai ces masques furieux et méprisants. Ils me faisaient penser aux citrouilles découpées pour Halloween. Sauf qu'ils étaient gris.

Soudain, ils se rétrécirent et tourbillonnèrent autour de nous, comme pour nous cerner.

Ils tournaient, tournaient, de plus en plus vite, nous étouffant dans leurs volutes grises et épaisses comme de la poix.

25

J'éternuai violemment. C'étaient des nuages de poussière !

Je me cachai les yeux avec mes mains, totalement paniquée. Je n'arrivais plus à réfléchir. Ni à respirer… Autour de nous, il n'y avait que le bruit du vent, complice des nuages étouffants.

Soudain, une voix d'homme, domina tous les autres bruits.

– Coupez ! On garde cette scène, elle est excellente.

Je baissai lentement les mains et ouvris les yeux, abasourdie.

Un homme s'avançait vers nous, vêtu d'un jean, d'un sweat-shirt et d'un blouson de cuir. Une casquette bleu et blanc était posée sur ses cheveux blonds, la visière en arrière. Était-ce une apparition ?

Avec son carnet à la main, un sifflet d'argent suspendu autour du cou, il n'avait rien d'un monstre, d'un loup-garou ou d'une froide mouchatouille !

Il nous sourit alors et nous fit signe avec son pouce que tout allait bien. Je croyais rêver !

– Salut les enfants ! Je m'appelle Anton Denver. Vous avez fait du bon boulot. Vous paraissiez vraiment terrorisés.

– Quoi ? murmurai-je, stupéfaite. Mais nous ne faisions pas semblant !

– Je suis content de voir un véritable être humain ! s'écria Martin.

– Le circuit est complètement détraqué, criai-je. Les créatures sont vivantes, et elles ont essayé de nous attaquer ! Ça n'avait rien d'amusant.

– C'était dégoûtant, renchérit Martin. Les loups-garous voulaient nous croquer tout crus !

Nous parlions tous les deux, voulant tout raconter à la fois

– Eh bien ! Eh bien ! s'écria Anton Denver avec un large sourire.

Il leva son carnet comme si c'était un bouclier et qu'il voulait se protéger de nous.

– Tout ça, ce sont des effets spéciaux, les enfants. On ne vous a pas dit que nous filmions vos réactions ?

– Non ! Personne ne nous a expliqué ça, répliquai-je, furieuse. Mon père nous a dit que nous étions les premiers à essayer le circuit, mais il n'a pas parlé de film. Il ne devait pas être au courant. Ce n'est pas sympa ce que vous avez fait là !

Je sentis la main de Martin se poser sur mon épaule, pour me calmer. Mais je ne voulais rien entendre. J'étais trop en colère !

Anton se tourna vers un groupe de techniciens, qui se tenaient non loin de lui dans la rue.

– On s'arrête pour dîner, les gars !

Ils s'éloignèrent en bavardant, et le réalisateur se retourna vers nous.

– Votre père aurait dû vous prévenir…

– Ça ne fait rien, je vous assure, dit Martin. Simplement, nous avons eu un peu peur. Ces créatures semblaient tellement vraies ! Et nous n'avons rencontré personne de tout l'après-midi.

– Papa doit être très inquiet, à présent. Il a dit qu'il nous attendrait sur le quai principal. Pouvez-vous nous indiquer où il se trouve, s'il vous plaît ?

– Bien sûr. Vous voyez cette grande maison, là, avec la porte ouverte ?

Un sentier étroit menait à une demeure de taille impressionnante. Seule une pâle lumière jaune brillait sur le seuil.

– C'est la maison du Contractueur, expliqua-t-il. Il suffit de la traverser…

– Mais il va nous envoyer des décharges électriques ! protesta Martin. Dans le film, tous ceux qui entrent dans sa maison reçoivent des millions de volts.

– Seulement dans le film, répliqua M. Denver. La maison n'est qu'un décor. Vous ne risquez absolument rien. Une fois que vous serez entrés, allez tout droit. Vous verrez le bâtiment principal juste en face. Le quai se trouve là. Vous ne pouvez pas le manquer.

– Merci !

Martin s'élança et je le suivis.

– Désolée pour ma mauvaise humeur ! lançai-je en me retournant. Mais j'ai eu tellement peur que…

Je m'interrompis, stupéfaite.

Au bas du dos de M. Denver, il y avait un long fil électrique, planté dans une prise. Ce n'était pas un homme, mais un robot !

Il nous avait menti !

Mais alors…

– N'entre pas, Martin ! C'est un piège ! Arrête ! lui criai-je.

Trop tard.

À l'instant même, Martin posait la main sur la poignée de la porte de la maison du Contractueur…

26

– Martin ! Attends !

Je m'élançai derrière lui. Il fallait absolument que je l'arrête avant qu'il se fasse électrocuter !

– Martin ! Je t'en prie !

Je haletai en courant le plus vite possible sur le sentier de la maison pour rejoindre Martin, mais je le vis qui franchissait déjà le seuil.

– Arrête-toi !

Je m'élançai vers la porte, les mains tendues pour attraper Martin. Malheureusement je glissai et atterris sur le ventre. Un éclair de lumière blanche zébra la porte, et j'entendis le craquement aigu d'une décharge électrique.

La porte explosa dans un déluge d'éclairs si aveuglants que je dus me protéger les yeux de mon bras. Quand je parvins à regarder de nouveau, je vis Martin étendu sur le sol, visage contre terre.

– Nooonnn ! hurlai-je, terrifiée.

Me remettant sur mes pieds, je courus vers lui. Tant pis si j'étais électrocutée, moi aussi ! Il fallait que je rejoigne Martin. Il fallait que je lui porte secours.

– Martin ! Martin !

J'avais beau crier son nom, il ne bougeait pas.

Je l'attrapai par les épaules et le secouai.

– Martin ! Je t'en prie ! Réveille-toi ! Ouvre les yeux, Martin !

Il demeurait inanimé. À moins qu'il ne me joue encore un de ses tours idiots ?

Soudain, je sentis une ombre me recouvrir lentement. Je compris alors que je n'étais pas seule.

27

Je me retournai vivement. Était-ce le Contractueur ? Ou bien un autre monstre terrifiant ?

J'essayai de voir le visage de l'homme penché vers moi.

– Papa ! m'écriai-je soudain. Papa ! Oh ! Je suis tellement contente de te voir !

– Que fais-tu ici, Irène ?

– C'est Martin ! Il faut que tu l'aides, Papa. Il a reçu une décharge électrique et…

Papa se pencha davantage. Ses yeux bruns étaient froids, derrière ses lunettes, et il fronçait les sourcils d'un air contrarié.

– Fais quelque chose, Papa, je t'en supplie ! Martin est blessé. Il ne bouge plus, il n'ouvre même pas les yeux. Le circuit était abominable, tu sais. Tout est détraqué, c'est horrible !

Papa ne répliqua pas et se pencha encore. Il me regardait bizarrement. Je crus même qu'il me faisait un clin d'œil !

Il posa la main sur l'épaule de Martin. Soudain, le visage de mon père fut éclairé par une lumière provenant du seuil.

Je sursautai. Ce n'était pas mon père !

– Qui êtes-vous ? criai-je d'une voix suraiguë. Vous n'êtes pas mon père ! Pourquoi ne m'aidez-vous pas ? Pourquoi ne soignez-vous pas Martin ? Répondez-moi ! Qui êtes-vous ? Au secours ! Au secours !

28

M. Wright, debout, regarda Irène et Martin l'air malheureux. Puis il ferma les yeux et poussa un long soupir.

À cet instant, Jeffrey Curtis, un des ingénieurs des Studios des Dents qui claquent, entra en courant dans la maison du Contractueur.

– Qu'est-il arrivé à vos enfants-robots, Monsieur Wright ? demanda-t-il.

M. Wright soupira de nouveau.

– Des problèmes de programmation.

Il désigna le robot d'Irène, encore à genoux devant le robot de Martin.

– Il a fallu que je déconnecte la fille. Sa puce de mémorisation marchait mal. Elle devait me considérer comme son père, et tout à l'heure elle ne m'a pas reconnu. Ce n'est pas normal.

– Et le garçon ?

– Il est à plat. Je crois que son système électrique est fichu.

– Quel dommage ! répliqua Jeffrey en se penchant pour ramasser le robot de Martin.

Il repoussa le T-shirt du garçonnet et tapota les cadrans dans son dos.

– Belle machine ! C'était une excellente idée de créer des enfants-robots pour tester le circuit. On doit pouvoir les réparer facilement…

Jeffrey ouvrit un panneau dans le dos de Martin et plissa les yeux en examinant le réseau de fils verts et rouges enchevêtrés.

– Tous les autres robots ont parfaitement fonctionné. Pas un seul problème, ajouta-t-il.

– Hier, j'aurais dû me douter que quelque chose ne tournait pas rond chez Irène. Elle m'a parlé de sa mère. Or, c'est moi qui l'ai construite. Tout seul !

Il leva les mains d'un air fataliste.

– Ce n'est pas bien grave. Nous les reprogrammerons, avec de nouvelles puces. Ils seront comme neufs en un rien de temps. On pourra de nouveau leur faire essayer le circuit. Évidemment, ils ne se souviendront de rien.

Il prit le robot de Martin des bras de Jeffrey et le jeta sur son épaule. Puis il ramassa le robot d'Irène et l'installa sur son autre épaule.

Et pendant qu'il s'éloignait en sifflotant vers le bâtiment des ingénieurs, le robot Martin eut un petit soubresaut. Il ouvrit un œil, donna un coup de coude au robot Irène et murmura :

– Tu vois ? Je te l'avais bien dit que tout était faux…

Mais Irène dormait profondément de son sommeil de robot. Dans son rêve, un drôle d'escargot rose bonbon allait se percher sur le panneau « Hollywood ».

– Venez voir les monstres ! criait l'escargot de sa voix traînante. Approchez, Mesdames et Messieurs ! Ladies and Gentlemen ! Venez voir les z-horrrr-ribbbles monstres des Dents oui claquent, des dents qui qui, des dents ents en en en… qui clac, clic clac, clic clac…

Exactement le bruit que faisaient les souliers de M. Wright sur le macadam de l'impasse.

FIN

EXTRAIT

Et pour avoir encore la

Chair de poule®

lis
ces quelques pages de

Sous l'œil de l'écorcheur

EXTRAIT

– Aaaaah ! Laissez-moi partir !

Je réussis à me dégager, et me mis à écraser les mouches. Je me frottai les bras frénétiquement, mais les insectes continuaient de me piquer. J'agitai les bras comme un fou.

– Enlevez-les de là ! hurlai-je. Enlevez-les, enlevez-les, bon sang !

Quelqu'un m'agrippa fermement l'épaule :

– Tout va bien, Dustin, tout va bien.

J'ouvris les yeux. Maman, penchée au-dessus de moi, tentait de me réveiller.

– Tu as fait un mauvais rêve, dit-elle doucement.

– Ce n'était pas un rêve, criai-je en me redressant, c'était un cauchemar. Un horrible cauchemar ! J'ai vu le chauffeur du car, il était couvert de mouches !

Maman s'assit sur mon lit :

EXTRAIT

– Dustin, tu fais des cauchemars à propos de tout et n'importe quoi. Il faut que tu te calmes un peu et que tu te raisonnes.

– Mais je ne fais pas exprès. Je suis comme ça, c'est tout !

– Eh bien, voilà une bonne occasion pour changer ça. Tu vas dans une super colo, avec des jeunes que tu ne connais pas. Essaie d'être différent, plus courageux. Le courage, ce n'est qu'une question de volonté, déclara-t-elle.

– Oui, bien sûr, murmurai-je, les essaims de mouches toujours à l'esprit.

« Quelqu'un d'autre, quelqu'un de courageux, marmonnai-je quand le car arriva devant la maison. Je vais être différent, moins peureux. »

Le car s'arrêta au bord du trottoir. Lorsque les portes s'ouvrirent, je me souvins de mon cauchemar. Je retins ma respiration jusqu'à ce que je puisse apercevoir la tête du chauffeur.

C'était un homme, qui portait un jean et un T-shirt avec l'inscription en jaune « Colonie de la Pleine lune ». J'examinai son visage, ses cheveux blonds, et enfin ses mains : pas le moindre insecte. Je lâchai un soupir de soulagement.

– Monte donc, dit-il avec un grand sourire.

Il chargea mes affaires, et le car se mit en marche.

EXTRAIT

Il était bondé d'enfants qui rigolaient entre eux. Beaucoup semblaient déjà se connaître. Je me dirigeai au fond pour m'asseoir et étudier tous ces inconnus. Je me demandais déjà si l'un d'entre eux accepterait de devenir un copain…

– On a encore quelqu'un à prendre, et puis direction la colo de la Pleine lune ! annonça le chauffeur.

Tout le monde applaudit.

Un peu plus loin, le car stoppa, les portes s'ouvrirent pour laisser monter un garçon d'environ douze ans. Il portait un short kaki, un T-shirt noir et des baskets noires.

Ses cheveux disparaissaient sous une casquette de base-ball, qu'il portait à l'envers. Son visage était couvert de taches de rousseur, il avait de grands yeux verts. Il avait à peu près mon âge, et devait aussi faire le même poids que moi. Mais lui, il était bien musclé.

Il vint s'asseoir à côté de moi.

– Salut, je m'appelle Ari Davis, me dit-il.

– Moi, c'est Dustin Minium.

Nous commençâmes à discuter. Il avait l'air vraiment sympa. Il faisait du sport, ce qui expliquait son physique d'athlète. C'était la première fois qu'il venait à la colo de la Pleine lune, tout comme moi.

– Tu sais, je suis très fort en blagues, m'annonça-t-il au bout d'un moment.

EXTRAIT

Et il me débita une série d'histoires drôles.

Ses blagues n'étaient pas fameuses, mais je ris quand même. Ça avait l'air de lui faire plaisir de me les raconter.

– Ça t'arrive de faire des farces ? demanda-t-il en ôtant sa casquette.

– Non, jamais, avouai-je.

– Tu ne sais pas ce que tu perds ! Moi, je passe ma vie à en inventer. J'en ai fait une super bonne l'autre jour au collège : j'ai enlevé les charnières de l'armoire à fournitures dans la salle d'arts plastiques. Quand le prof a voulu ouvrir la porte, elle lui est restée dans la main ! s'esclaffa-t-il.

J'éclatai de rire avec lui.

– Tu as dû avoir des problèmes !

– Non, pas cette fois. Mais une autre fois, je me suis fait prendre : j'avais mis de la glu sur le tiroir du bureau du prof, il ne pouvait plus l'ouvrir, tu imagines !

Je regardai par la vitre. Nous étions en rase campagne. Nous roulions depuis au moins deux heures ; je n'avais pas vu le temps passer et ne me souciais plus de la colo. Les blagues d'Ari m'avaient remonté le moral.

– Hé, j'ai une idée, me dit Ari alors que le chauffeur annonçait qu'on allait bientôt arriver. Si on faisait une farce aux animateurs ?

EXTRAIT

– Quel genre de farce ?

– On pourrait échanger nos identités. Tu seras moi, et je serai toi. Ça sera marrant de tromper tout le monde !

– Je ne sais pas si c'est une bonne idée…, répondis-je d'une petite voix.

– Allez, on va bien rigoler ! insista Ari en me pinçant gentiment le bras.

« Attends une minute, me dis-je. Après tout, ce n'est peut-être pas une si mauvaise idée : maman m'a dit d'essayer d'être différent, plus courageux. Peut-être qu'en prétendant être quelqu'un d'autre, je réussirai à être différent ! »

– D'accord, fis-je, soudain excité par sa proposition.

Nous eûmes juste le temps d'échanger nos blousons et nos sacs avant que le car s'engage dans une allée bordée d'arbres, sur une colline verdoyante.

– Nous y sommes, lança le chauffeur. Terminus : colonie de la Pleine lune, tout le monde descend !

En quittant le car, Ari me donna sa casquette, et je la mis comme lui, à l'envers.

« Maintenant je suis Ari, pensai-je en descendant les marches. Je suis Ari. Mais est-ce qu'on peut vraiment devenir quelqu'un d'autre ? »

EXTRAIT

– Jolie casquette, mon garçon !

L'homme qui venait de s'adresser à moi me donna une claque dans le dos qui me fit perdre l'équilibre. Il remit ma casquette à l'endroit, manquant de me dévisser la tête.

– Qui c'est ? murmurai-je à Ari lorsque l'inconnu s'éloigna.

– C'est Oncle Lou, le directeur de la colo. J'ai vu sa photo dans le prospectus.

Oncle Lou avait l'air plus âgé que mon père. Une paire de petites lunettes était posée au milieu de son long nez. Il avait une moustache bien fournie et d'épais sourcils… Son crâne était chauve, mis à part quelques petites touffes au-dessus des oreilles. Il portait le même T-shirt que le chauffeur du car, qui moulait son énorme ventre, un short kaki, et des sandales avec des chaussettes blanches qui lui arrivaient aux genoux. Le bloc-notes qu'il portait autour du cou reposait sur son ventre.

– Bon, écoutez-moi bien, dit-il en haussant la voix. Il y a une place pour chaque chose, et chaque chose doit être à sa place, vous voyez ce que je veux dire ?

Silence général.

– Les anciens de ce côté, les petits nouveaux de l'autre.

– On est quoi, nous ? chuchotai-je à Ari.

– On doit être les « petits nouveaux ».

Alors que tout le monde rejoignait son groupe, je regardai alentour. Non loin s'étendait un lac d'un bleu profond, bordé de petits cabanons de bois peints en vert. Un bateau de plongée était amarré à l'extrémité du lac, et de l'autre côté, six canoës.

Il y avait un bâtiment en dur, sans doute le réfectoire, flanqué d'un terrain de base-ball. Le site était entouré d'une forêt ; sur quelques arbres, on pouvait voir des cibles de fléchettes.

– Suivez-moi, ordonna Oncle Lou en se dirigeant vers le lac.

Le sol était tapissé d'aiguilles de pin qui embaumaient l'air.

Il s'arrêta devant l'alignement de cabanons et commença à nous appeler un par un pour nous distribuer des chambres.

EXTRAIT

– Celui qui va tomber là n'aura vraiment pas de chance, me dit Ari en désignant un cabanon isolé dans le bois et à moitié effondré.

Les vitres étaient brisées et il manquait quelques planches au toit. Sur un panneau posé de travers on pouvait lire : « Cabanon Cherokee ».

– Dustin Minium, appela le directeur.

J'allais répondre, mais Ari ne m'en laissa pas le temps.

– C'est moi, dit-il en levant le bras.

Oncle Lou vérifia sa liste et désigna le cabanon isolé :

– Cabanon Cherokee.

Ari laissa échapper un grognement.

– Les nouveaux se retrouvent toujours dans ce cabanon, c'est le pire de tous, nous confia un garçon roux.

« C'est bien ma veine, pensai-je, je vais sûrement me retrouver là moi aussi. »

– Peut-être que ce n'est pas si terrible à l'intérieur, avançai-je en regardant le cabanon biscornu.

– Tu rêves ! C'est pire ! renchérit le garçon.

Ari grogna de nouveau.

– Noah Ward ! appela Oncle Lou.

– Cabanon Apache, je parie ? dit le garçon roux.

– Gagné !

– J'en étais sûr, me dit Noah, ça fait tellement longtemps que je viens, c'est normal que j'aie le meilleur cabanon !

EXTRAIT

– Ari Davis !

Je levai la main.

– Voyons voir..., dit Oncle Lou en consultant ses fiches. Ah, j'y suis ! Cabanon Apache.

Quoi ? Je n'osais croire à ce que je venais d'entendre.

– Mais comment tu as fait pour avoir le meilleur cabanon ? râla Ari. Tu es nouveau, toi aussi !

– Je... je ne sais pas.

Ari lança un regard envieux en direction du cabanon Apache. C'était le plus proche du réfectoire. Le toit était fraîchement repeint, il y avait même des volets et une petite véranda.

« C'est pas juste pour Ari, me dis-je. J'aurais dû être dans le cabanon Cherokee, comme lui. »

Mais il ne me proposa pas d'arrêter notre jeu, et je ne dis rien non plus.

– Alors, c'est toi, Ari Davis ? s'exclama Noah en me donnant une claque dans le dos. Génial !

Il se tourna vers ses deux copains :

– Ben, Jason ! Eh, les gars ! On a Ari avec nous !

– Super ! dit Ben, un garçon petit et trapu aux cheveux bruns tout frisés. Et il me tapa dans le dos.

– Ari, c'est toi le meilleur ! dit Jason.

Il était bâti comme un basketteur et dépassait tout le monde d'au moins une tête.

– Ari ! Ari ! se mirent à scander les trois garçons.

EXTRAIT

« Mais qu'est-ce qu'il leur arrive ? » me demandai-je. Décontenancé, je croisai le regard d'Ari, qui n'avait pas l'air content du tout.

J'étais prêt à tout arrêter, aller trouver Oncle Lou et tout lui dire à propos de notre changement d'identité, à Ari et à moi.

– Oncle Lou…, commençai-je en m'approchant de lui.

Mais avant que je réalise ce qui m'arrivait, je me retrouvai hissé sur les épaules de mes nouveaux camarades.

– Ari ! Ari ! criaient-ils.

Ahuri, je me fis porter jusqu'à notre cabanon.

« Mais que se passe-t-il à la fin ? Pourquoi sont-ils si contents de voir Ari ? »

Découvre vite la suite de cette histoire
dans
Sous l'œil de l'écorcheur
N° 64 de la série
Chair de poule®

Chair de poule®

1. La malédiction de la momie
2. La nuit des pantins
3. Dangereuses photos
4. Prisonniers du miroir
6. La maison des morts
7. Baignade interdite
8. Le fantôme de la plage
10. La colo de la peur
14. Le pantin maléfique
16. Le fantôme d'à côté
19. Leçon de piano
 et pièges mortels
21. Terreur sous l'évier
22. La colère de la momie
23. Le retour du masque hanté
24. L'horloge maudite
25. Le parc de l'horreur
26. La fille qui criait au monstre
28. La rue maudite
29. Le fantôme décapité
30. Alerte aux chiens
32. Les fantômes de la colo
36. Jeux de monstres
38. Des appels monstrueux
45. Danger, chat méchant !
46. La bête de la cave
47. L'école hantée
50. La peau du loup-garou
51. Le jumeau diabolique
52. Un film d'horreur
53. L'attaque des spectres
54. La fête infernale
55. L'invasion
 des extraterrestres, I
56. L'invasion
 des extraterrestres, II
57. Le manoir de la terreur
58. Cauchemars en série
59. Ne réveillez pas la momie !
60. Un loup-garou dans la maison
61. La bague maléfique
62. Retour au parc de l'Horreur
63. Concentré de cerveau
64. Sous l'œil de l'écorcheur
66. Mort de peur
67. La voiture hantée
68. La fièvre de la pleine lune
69. Kidnappés dans l'espace !
70. L'attaque aux œufs de Mars
71. Frissons en eau trouble
72. Les vacances de l'angoisse
73. La nuit des disparitions
74. Le fantôme du miroir

Imprimé en Espagne par Novoprint